CRISTIANO CASTILHO

CRÔNICAS DA CIDADE INVENTADA
E OUTRAS PEQUENAS HISTÓRIAS

CURITIBA
2019

EXEMPLAR Nº 226

CAPA E PROJETO GRÁFICO **FREDE TIZZOT**
ILUSTRÇÃO DA CAPA **OSVALTER URBINATI**
ENCADERNAÇÃO **PATRICIA JAREMTCHUK**

© 2019, EDITORA ARTE & LETRA

CATALOGAÇÃO NA FONTE.
BIBLIOTECÁRIA RESPONSÁVEL: ANA LÚCIA MEREGE, CRB-7 4667

C 352
Castilho, Cristiano
Crônicas da cidade inventada e outras pequenas histórias/Cristiano Castilho. – Curitiba
: Arte & Letra, 2019.
108 p.
ISBN 978-85-60499-96-0

1. Crônicas brasileiras   I. Título

CDD B869.8

Índice para catálogo sistemático:
1. Crônicas : Literatura brasileira   B869.8

ESTE LIVRO FOI PRODUZIDO NO LABORATÓRIO GRÁFICO ARTE & LETRA, COM
IMPRESSÃO EM RISOGRAFIA E ENCADERNAÇÃO MANUAL.

ARTE & LETRA EDITORA
Alameda Dom Pedro II, 44. Batel
Curitiba - PR - Brasil / CEP: 80420-180
Fone: (41) 3223-5302
www.arteeletra.com.br - contato@arteeletra.com.br

Aos meus pais.

O homem está na cidade
como uma coisa está em outra
e a cidade está no homem
que está em outra cidade

Ferreira Gullar, em "Poema Sujo"

Os textos deste livro foram publicados originalmente no jornal Gazeta do Povo, entre 2010 e 2015. Misto de crônicas, pequenas reportagens, críticas culturais e relatos frutos de observação do cotidiano – e de aquilo que nossos olhos ainda não domesticaram – o apanhado foi dividido em quatro temas, ou seções: "Da cidade", "Das trocas", "Dos olhos" e "Do Coração".

Em conjunto, e entendendo o jornal, à época, como um veículo capaz de proporcionar mediação para o debate público, reflexões sobre transformações culturais em Curitiba ou simplesmente um espaço para que a fugaz literatura da crônica, tão brasileira, pudesse oferecer momentos menos duros nestes tempos nebulosos, os textos escolhidos funcionam como um pequeno recorte sócio-temporal da primeira metade desta década.

Neste período, houve uma Copa do Mundo. O surgimento d'A Banda Mais Bonita da Cidade, com fãs e difamadores na mesma medida. A morte de um poeta. O primeiro assassinato cometido por este cronista. Valter Hugo Mãe, Eduardo Coutinho, caprichos e relaxos, sonhos e memórias, e sempre Curitiba, a cidade inventada.

DA CIDADE

O encéfalo de Curitiba e a carta de um futuro previsto. Há sangue na Rua São Francisco. O que acontece quando morre um poeta? A chuva incessante nos faz assim. O forró como agente de segurança. Veja: eles dormem debaixo do bondinho. O despojamento harmônico de 13 trabalhadores em sua forma particular de descansar na sombra na hora do almoço. A cidade que faz de seus limites não um desafio a ser superado, mas um eterno aconchego.

[02/11/2015] [18h49]
Carta do futuro

Olá, vim do futuro e vou te contar o que está acontecendo por aqui. De pronto, nota-se que as pessoas andam armadas nas ruas porque foram convencidas de que assim é mais seguro. O número de homicídios e de suicídios é maior do que deveria, mas aqui no futuro ninguém se importa. Dia desses, o rei da cidade inventada disparou contra professores em praça pública, mostrando como deve ser. Normal. Você vai aprender, quando chegar aqui, que professor não serve para muita coisa. Por isso houve um estudo para fechar escolas e anunciou-se um plano educacional revolucionário que prioriza a ambição financeira à lucidez de pensamento. Porque isso move o mundo do futuro.

Numa comuna secreta de professores dissidentes, tentou-se discutir o porquê de tanta violência contra a mulher. O esclarecimento filosófico e a explicação básica sobre igualdade de gênero, no entanto, foram refutados por outros senhores do reino, que do alto de sua ignorância legitimada, se disseram ameaçados por doutrinas que já não cabem no futuro porque são demasiadamente humanas.

Vi agora: aqui no futuro, um piá de 19 anos foi eleito como um dos mais influentes. Seu trunfo foi gravar vídeos engraçadinhos e, posteriormente, organizar diversos protestos contra a ordem democrática estabelecida no reino anterior, só de onda. Foi chamado de liberal e sua principal influência é uma tirana sem coração. Aqui no futuro as pessoas expressam suas opiniões infundadas antes de acumularem experiências de vida para defendê-las minimamente.

No reino do futuro, há regras engraçadas, que fazem quem chega do passado rir e chorar ao mesmo tempo.

Por exemplo, não é possível assumir qualquer cargo público se você pintar o seu corpo. A cabeça sim pode estar cheia de minhocas, as atitudes podem ser as mais irracionais, mas aqui no futuro – aprenda isso – é a aparência que conta. Da mesma forma, não é possível entrar nos castelos do reino vestindo chinelos, bermuda, touca ou regata – arma não só pode, como deve.

Saiba que andar de bicicleta no futuro pega mal. Aqui, quem fecha avenidas para carros é achincalhado enquanto quem fecha escolas ouve um silêncio inofensivo.

Aqui só há espaço para um deus. Todos os políticos que fazem parte do reino mesclam seus despachos com cultos em cerimônias nada secretas. A fé move a lei.

O amor aqui no futuro também é tratado de forma diferente: duas pessoas que se gostam muito precisam comprovar que são de sexos diferentes para se casar.

Vivemos em crise contínua, mas os salários dos senhores do reino estão crescimento vertiginoso, o salmão é importado e as viagens oficiais só acontecem em naves de primeira classe, com champanhe e trufinhas.

Vou te contar: aqui no futuro, vivemos no passado.

[24/07/2015] [18h02]
Quando morre um poeta

Algo acontece no mundo quando um artista morre no palco. Porque é um pequeno big bang: o auge efêmero se debruça sobre o fim eterno. Golpe imprevisível, uma coincidência cheia de ironia. Nasce instantaneamente uma memória específica em que a criação se encontra com o pior da criatura – a fragilidade física, o remate da existência.

O poeta Francisco Soares Neto estava animado para sua apresentação no Teatro Universitário de Curitiba. Era uma noite sem estrelas. Sexta-feira, 17 de julho. Francisco vestia um colete colorido, boina preta e botas marrons. Aguardava, com o violão no colo, o momento para subir no palco, ser artista de novo. Houve um sorteio para definir a ordem das 48 apresentações, que começaram às 19h40. Francisco seria o penúltimo.

Às 21h25, entregou a filmadora para que uma amiga registrasse o momento. O poeta estava nervoso. Tremia um pouco, apesar da experiência de quase 30 anos. Havia mais de 100 pessoas na plateia, algumas espiando da Galeria Júlio Moreira.

Francisco tocou quatro acordes de uma música criada para embalar um texto de sua esposa, a poetisa e escritora Lia Marcia Finn. Balbuciou algo da letra. Uma punhalada seca e invisível o nocauteou da cadeira. Ele pendeu para um lado, o violão para outro, como dois ponteiros de um relógio desajustado.

Pensaram se tratar de uma performance, mas o poeta estava morto.

A causa foi o que se chama de infarto fulminante – o adjetivo assusta porque é definitivo, lembra as piores coisas: as que não podem ser modificadas.

Começamos a morrer assim que nascemos, mas os poetas adiantam um pouco este processo porque batalham para ser quem efetivamente são.

O mundo precisa cada vez mais dos poetas. Dos óculos com os quais nos veem. Da cabeça com a qual nos imaginam. Mas fácil não é.

O evento do qual participava Francisco chama-se Cutucando a Inspiração. Existe há um ano e cinco meses, teve 26 edições. Com muita insistência e teimosia, foi criado pelo poeta Geraldo Magela. Há força:

O grupo Epopeia se reúne todo sábado na Rua XV, para vender a preço de banana poesias publicadas em livros e folhetos independentes. A tradicional Feira do Poeta retornou só agora, no último dia 29 de março. Os Escritibas seguem a jornada e animam a Feira do Largo da Ordem aos domingos. O Sarau Popular, impulsionado pela Fundação Cultural de Curitiba, movimenta algumas comunidades do Parolin e do Portão. As Marianas, combo de poetisas feministas lideradas por Andreia Carvalho Gavita, nasceu há pouco tempo. Como se vê, a turma é grande, a poesia é farta. Mas a divulgação é pouca, o interesse também. "Quem quer ler poesia aí?" A indiferença mata.

Luiz Carlos Brizola se apresentou antes de Francisco naquela noite.

"Quando eu morrer e for pra outra dimensão/ estará lá me esperando uma grande multidão", declamou, estranhamente prevendo o destino alheio. Brizola entendeu tudo o que aconteceu como "um resumo trágico da vida de poeta." E assim foi.

[07/08/2015] [18h06]
Aconteceu na São Francisco

De novo. Passava da meia-noite do último dia de julho quando não se sabe quem (nunca se sabe) avançou sobre alguém na Rua São Francisco. Nas fotos do colega Gustavo Jordaky, via-se o chão branco daquele simpático Shawarma na esquina com a Presidente Faria virado num vermelho-sangue. Em outra imagem, um rapaz com curativos nos dedos e uma grande tala de gaze na cabeça praguejava porque doía. "Deu briga generalizada." E aí a correria, da Riachuelo à Praça do Homem Nu. De novo.

No começo da noite, uma equipe da Guarda Municipal revistava o povo em busca dos biltres. A verdade é que a função foi transferida para dois cachorros: um marrom-mostarda, de pelo muito liso e sedoso; e outro que deve ser um vira-lata (tinha simpatia e malemolência típicas). Os cães fungaram o regaço de um rapaz que tocava "Tempo Perdido" ao violão. Mesmo com o movimento inesperado dos animais, que quando estão a serviço parecem um pouco mais selvagens, o sujeito não titubeou. "Somos tão joooooooovens, tão jooooooooooovens." O cão seguiu caminho, guiado por um agente e seguido por outro. Os três desceram a São Francisco e o bicho não poupou ninguém. Com o nariz, indagou o que estava na sacola da moça e quis saber o que existia na mochila do rapaz.

Num primeiro momento, é possível linkar a falta de policiamento à violência. Se os guardas (e os cachorros) tivessem permanecido durante a noite toda, teríamos sangue? Ninguém sabe. Talvez pudesse ter sido ainda pior. Mas este tipo de associação é tão superficial como afirmar que quanto maior o número de "bandidos" mortos em nome do "cidadão de bem", melhor é a segurança pública.

A barbárie generalizada em que estamos imersos, situação prestes a se tornar definitiva – e portanto o marco reconhecível do nosso tempo, aquilo que será lembrado no futuro –, é quase quântica: nasce na relação interpessoal para depois se generalizar. Perdoem o sakamotismo, mas o esbarrar de ombros sem desculpas, a gritaria na internet, o falar mais alto enquanto se deveria ouvir o outro, e a consequente relação disso com a corrupção, a violência e o crime (institucionalizações do mau-caratismo) não é por acaso, como um big-bang esporádico. Vivemos uma "crise de cordialidade", como atestou Roberto DaMatta. Tudo começa no indivíduo, e por isso de nada adianta apenas cercear suas liberdades individuais.

Gira a roda e vamos falar de coisa boa: na mesma noite enluarada, encontrei Seu Luís. Ele alternava estados de consciência, ia e vinha, mas descreveu com precisão seus dias em Toledo, no Sul da Espanha; e também relembrou viagens que fez de mochilão para os Estados Unidos.

Falou sobre o banho de lama que tomou no Festival de Woodstock, aquele, de 1969.

Relembrou da façanha sem espanto. Deu detalhes sobre o gosto do barro seco. E de como foi bonita a festa, pá, com Jimi Hendrix, Joe Cocker e Janis Joplin.

Numa noite de bestialidades, loucura é salvação.

[10/07/2015] [17h50]
Chuva

É hora do almoço de quarta-feira e chove dentro do inverno de Curitiba. Chove a chuva conhecida, a de molhar a barra das calças e a meia por dentro do all-star; de fazer poças-armas nas canaletas do expresso, de conquistar a velocidade máxima do limpador barulhento do carro de vidro embaçado.

"É o ar quente que liga?"

Chove a chuva do guarda-chuva de déizão. Sob as marquises, conhecida injustiça: gente desprevenida procura abrigo e se acotovela com os que estão a salvo. Crime? Chove e somos ainda mais egoístas.

O truque para saber quando seguir caminho é reparar no acumulado de água no chão, ou nos pingos-perdigotos que caem na diagonal em frente ao poste de luz. A poça ainda se mexe como um formigueiro? Risco grande. A chuva se transforma numa rajada incessante na contra-luz? Te acalme, piá. Porque logo tudo diminui, cessa, some de repente, igual a tudo que existe por aí, dentro da vida e fora dela.

Um taxista idoso de boina cinza disse que gosta da chuva porque faz mais corridas. Um motorista de ônibus disse que não gosta da chuva já que os vidros embaçam muito rápido porque as pessoas não param de respirar nunca e mesmo assim fecham as janelas para se proteger do molhado. Um ambulante disse que não gosta de chuva porque não há como expôr os DVDs piratas de "Divertida Mente", outro disse que os cigarros e os isqueiros se encharcam e aí já não prestam. Os músicos de rua provavelmente não gostam de chuva porque ninguém molha a mão para oferecer moedas. Um gari disse que gosta e não gosta da chuva porque tem menos trabalho, já que a água ajuda na lavação, embora não consiga cumprir toda a tarefa no horário determinado: precisa esperar o toró passar para varrer a sarjeta. Tem também a jaqueta, que não dá conta do que vem do céu. Passarinhos molhados parecem não se importar se chove ou não, mas comemoram com trinadinhos quando ela está prestes a ir embora. Gatos não gostam de chuva.

O escritor irlandês Cólm Tóibín, que passou pela Flip neste ano, diz que o que precisamos para criar é de "um longo inverno, com chuvas de verdade, mais ou menos contínuas, entre setembro e abril" (no hemisfério norte). Tudo isso nos forçaria a ficar em casa e, sem ter nada mais interessante para fazer, produziríamos algo enquanto tomamos sopa, quase que forçadamente, por pressão. É mais ou menos o que acontece na Islândia, país com maior número de bandas per capita do mundo. Lá, o inverno infindável só permite olhar para dentro.

Há uma mancha vermelha sobre o Paraná, diz o jornal. O sábado será de chuva infinita.

[26/06/2015] [17h19]
Forró como agente de segurança

Moro em uma das ruas mais curtas do São Francisco. É estreita também. E de paralelepípedos. Começa no rabicho da feirinha do Largo, às vistas da Mesquita. Termina em uma zona cafona que cheira a talco. Todos os dias, faça chuva, sol ou neve, usuários de crack se amontoam em frente de uma mansão misteriosa que ostenta sequoias e esconde-se do mundo com a ajuda de um muro medieval e de múltiplas portas de ferro.

Descrito por Bill Clegg no radical livro "Retrato de um Viciado Enquanto Jovem" (Companhia das Letras) como "um choque elétrico que percorre todos os nervos do seu corpo", o crack, de certa forma, une. Porque ali dá de tudo: piás curiosos, rapazes com pastas nas mãos e roupa de ir trabalhar, loucos profissionais, usuários veteranos (estes já transformados em algum remedo de gente; parecem vagar como almas no limbo, olhando o chão como se fosse a própria eternidade). Quando o dia está bonito, a coisa bomba. Tem até colchãozinho.

Poucas vezes esse pessoal me incomodou. Mas os vi em pé-de-guerra com transeuntes que ignoraram os pedidos por uns trocados. Dou bom dia e boa noite. Não sinto saudades, embora quase criemos uma relação pseudoafetiva porque, ora, nos encontramos todos os dias. Menos quando tem música.

A Sociedade Operária Beneficente 13 de Maio é minha vizinha de frente. Há 127 anos, dedica-se a salvaguardar a memória dos negros. E tem na figura do presidente Álvaro da Silva um resumo da força e da sensibilidade dessa gente – volta e meia cruzo com o elegante sujeito, ora pitando um cigarro, ora rindo porque uma criança está em seu cangote, esperneando feliz. Netinha, talvez.

De alguns anos para cá, eventos musicais na terceira agremiação negra mais antiga do país reúnem pessoas de diferentes tribos. O recifense Tibério Azul, a gaúcha Apanhador Só, a paulista Wry, e muitas bandas curitibanas como Uh La La! e Audac já fizeram barulho ali, espantando para algum outro lugar os drogaditos todos - este zanzar de doentes que atiçam mais a segurança pública do que a saúde é mais um desses provisórios que se tornam permanentes.

Domingo é diferente. Quando é caso de plantão no jornal, retorno depois das 10 da noite. No caminho, figas. Na cabeça, um mantra arrasta-pé: "Por favor, tenha forró, por favor, tenha forró, por favor..." Porque, quando a banda Areia Branca toca "Parabolicamará", há gente por toda a rua. Bicicletas também. Conversa fiada distribuída em rodinhas, mesmo no breu em frente à mansão tétrica. Nenhum perigo, exceto pelas calçadas traiçoeiras.

Espaços culturais têm esse poder espetacular e subaproveitado de modificar o que está ao redor. De forma espontânea e preventiva, sem cães farejadores ou repressão policial. Fazem de pedaços da cidade, amigos confiáveis. As ruas ganham olhos quando têm gente.

[29/05/2015] [19h00]
Per a thotom*

A Catalunha não é a Espanha, nem para quem vem de longe. Há outros cheiros, cores. Bandeirinhas patrióticas vermelhas e amarelas tremulam no céu azul de primavera, no aguardo do próximo plebiscito para a independência da região, em 27 de setembro. "Vai dar em nada, plebiscitos não adiantam mais", diz relutante uma amiga que mora na cidade há quatro anos. "Mas a insistência deve servir para alguma coisa", respondo, enquanto leio um cartaz, em catalão (ela me ajuda, obviamente), que diz: "Queremos um bairro digno".

Aqui em Barcelona a política é tão popular quanto Neymar. Surge em manifestos pessoais e no resultado das eleições. No dia em que cheguei, boa parte da cidade comemorava a vitória de Ada Colau, a prefeita eleita. Ela é, em resumo, uma ativista "antidespejo".

Jornais daqui resgataram fotos de Ada sendo detida por policiais. E agora afirmam: é ela quem vai comandar nossa polícia. A causa tem respaldo. Em toda Espanha, mais de 350 mil famílias tiveram de deixar suas casas desde a crise de 2008.

Auda foi chamada de "nazi" por membros do partido conservador. E, em um perfil feito pela BBC, em 2014, disse o seguinte: "Não sou particularmente inteligente, não sou poderosa. Sou apenas uma pessoa normal, e é isso o que mais lhes preocupa. Isto é uma amostra de quanto poder os cidadãos comuns têm". Dar vez a quem tem voz, parece ser mais ou menos isso.

Enquanto isso, *la vida sigue*. Na terça-feira à tardinha um senhor de bigode entrava no seu apartamento de esquina acompanhado por um cachorro orelhudo, cor de mel. Quase a mesma cor de um drinque típico daqui, vermute *rojo* com ervas – é servido com gelo e rodelas de laranja.

À frente, uma senhora na cadeira de rodas tirava fotos de uma pichação na parede, enquanto um catalão barrigudo (vestindo camisa dos Misfits, bolsa e calças vermelhas a tiracolo), aterrissa ao meu lado.

Somos o que somos, mesmo quando não estamos onde costumamos estar.

*

O Festival Primavera Sound começou na segunda-feira (25).

Na terça-feira (26), três shows aconteceram na Sala Apolo, casa "mística" de Barcelona.

Um deles foi da dupla franco-cubana Ibeyi – pense numa Björk filha de iansá cantando em iorubá ao som de um *dubstep* elegante. Fantástico. Na quarta-feira (27), começaram as apresentações no Parc del Fòrum, principal espaço do festival. Tem Cinerama (banda de David Gedge, o supercara do Wedding Present); e Albert Hammond Jr., guitarrista do Strokes – seu projeto é menos datado do que o do patrão famoso Julian Casablancas. *Fins Ara*.*

*O título significa, em catalão, "Para todos". E a última frase, "Até logo".

[11/04/2015] [03h00]
Quem dorme debaixo do bondinho?

Extra! Há dois colchões sob o bondinho da Rua XV. Um é azul. Desbotado e esgarçado. Vive vazio e espremido entre – como se chama? – as engrenagens de ferro do antigo trem e a graxa remanescente. O outro parece um tipo de capa de chuva gigante, daquelas amarelas e fosforescentes. Ali, todas as noites, alguém muito comprido se enrodilha em posição fetal. Nem as orelhas ficam para fora quando passa das 19 horas.

É assim faz mais de semana, quase duas. Curioso é que pela manhã, nestes dias quase frios, não há ninguém debaixo do bonde. Dormem papelões rasgados. É que dentro do vagão trabalham três funcionários da Fundação Cultural de Curitiba. Batem ponto das 9 às 18 horas de segunda a sexta-feira; das 8h30 às 14h30 aos sábados. Domingo, não. Domingo é cinza sagrado.

Por alguns dias, tentei descobrir quem dorme ali. Numa terça em que ventava muito, batia pernas na XV e ouvia a Voz do Brasil por gosto. Agachei. É estranho. No espaço entre o petit-pavé e o fundo do bonde uma criança não conseguiria ficar em pé. Muito escuro também. Quem dorme ali, pensei, tem um retrato inusitado da rua mais movimentada da cidade: a vida resumida a pernas e joanetes, sapatênis e rasteirinhas, havaianas e patas de cachorro.

Cutuquei a carne envolta naquela lona amarela. Nada. O dedo indicador espetou de novo, um pouco mais forte. Ouvi um gemido doloroso e ao mesmo tempo ameaçador – argghhhhaaannh. O outro colchãozinho permanecia no canto oposto, como que esquecido para sempre sem querer. Desisti. Acordar alguém sem motivo justificável – tsunami, terremoto, um título do Paraná Clube -- é babaquice, afinal.

Então persiste a curiosidade: quem em Curitiba tem o privilégio de dormir sob 2 mil e 200 livros? Obras para crianças, crônicas, literatura brasileira, gringa, poesia e etc. Imagine-se pegando no sono ao som de Siegrfriend Lenz: "Talvez as coisas que nos façam felizes necessitem ser guardadas em silêncio". Ou de Guillermo Cabrera Infante: "O amor é como se te pusessem algo que te tiraram e nunca esteve ali." Talvez Valter Hugo Mãe, providencial: "Deve nutrir-se carinho por um sofrimento sobre o qual se soube construir a felicidade."

Durante o último março, 2.095 pessoas entraram no bonde. Foram 1.005 adultos (acima de 29 anos), 685 crianças (até 14) e 405 jovens (entre 14 e 29), me conta um dos funcionários do Bondinho da Leitura. Na última quarta-feira, o movimento foi "baixinho": 50 pessoas subiram aqueles dois degraus.

A invisibilidade alheia é o nosso vício inerente. Já nos acostumamos a quem se refestela nas esquinas das Marechais e nas marquises vizinhas à Confeitaria das Famílias. Na Treze de Maio, então, tudo bem, beleza. Mas dormir sob um dos pontos turísticos da cidade que busca agora ser "humana" é uma ousadia inédita. Merece um post no Face da Prefs.

Numa manhã dessas aí, um sol bonito avermelhava o vagão solitário. Um casal que antes bebia chopes no Mignon se aproximou do bonde para uma foto. No escuro da sombra, os colchões se confundiam com o chão. Mas foram registrados, para ninguém ver.

[17/04/2015] [18h18]
Quem dorme debaixo do bondinho? [2]

Se alguém lesse os comentários publicados em redes sociais sobre a coluna da semana passada – "Quem dorme debaixo do bondinho?" – diria que o autor do texto é um monstro fascista com chifres pontudos, um sujeitinho abominável e insensível que usa a fraqueza alheia como inspiração pseudoliterária.

No último domingo, a história sobre o rapaz que dorme debaixo do vagão virou de ponta-cabeça em algumas horas. O motivo foi a falta de capacidade interpretativa de alguns, que desceram a lenha no colunista pensando que ele, na verdade, fazia troça do moço, talvez por puro sadismo.

"Aos [sic] invés de fuçar por que não ajudar a parar de dormir na bosta de uma marquise", escreve um facebookiano. (Mas não é na marquise, poxa, é debaixo do bondinho...). "12/04 vem pra rua lutar por um país digno!!", destilou um destes novos patriotas. Também houve espaço para o incrível: "Fiz uma breve leitura dinâmica... Nos últimos parágrafos o jornalista mostra tom irônico me parece... Mas sei lá história confusa." E para o inacreditável: "COM DEMOCRACIA QUEREMOS MONARQUIA !!"

É muito estranho ter de explicar o que se escreve. Dizer: "Veja, não é bem assim. O senhor entendeu mal". O papo não é novo, mas parece que nestes tempos de opiniões imperativas e instantâneas, os ruídos na comunicação se estabelecem não por falhas que surgem no caminho do receptor até o emissor – do jornalista ao leitor. Mas por uma vontade irrefreável, de quem consome informação e lê opinião, de encontrar um pretexto para destilar uma raiva latente – como se a afirmação da certeza virtual viesse empacotada em saquinhos com exclamações, palavrões e frases perturbadas.

O que dá nos nervos também é o redemoinho maluco que se forma quando alguém compra a opinião equivocada do outro. Em uma ação que lembra o bizarro filme *Centopeia Humana*, comentários sem pé nem cabeça vão se retroalimentando, criando uma discussão paralela àquela proposta inicialmente. Parece engraçado, é assustador.

A longo prazo, o mais sério disso tudo é o fim do debate. A facilidade de expressão que o mundo virtual oferece prejudica a capacidade de separar o que é real do que se deseja. Tudo – da cor do vestido ao filme iraniano – é motivo para o confronto. Na política (e no Brasil) é ainda pior, já que o debate, que deveria ser público, acaba num âmbito pessoal, fazendo com que parentes cancelem a churrascada de domingo via WhatsApp.

A cultura só acontece quando há o debate. Mas ele acaba quando perguntas são preteridas por crenças; quando o ego assume uma postura violenta; o debate acaba quando se fala mais do que se ouve; quando se grita "vaca" para uma presidente enquanto ela faz um pronunciamento oficial;

quando o saldo de uma crônica de jornal sobre um mendigo que mora embaixo do bondinho é o pedido pela volta da monarquia.

Mea culpa: era a missão da semana, mas não fui feliz em encontrar o sujeito que mantém o colchão sob o bonde. O leitor Beto Santos me escreveu, e disse que ele é um senhor de 60 anos chamado Tobias. Aos dois, um abraço.

[05/12/2014] [22h05]
Pré-Natal

O mundo pré-Natal é cheio de contradições, surpresas e peculiaridades. Por exemplo: por esses dias há aquelas cidras exibicionistas em balcões de supermercados (e agora farmácias!). As nozes e as tâmaras parecem se repartir por cissiparidade, assim como os damascos e as lichias -- frutas que, como a Simone, só lembramos que existem no fim do ano. Tendência moderna são os incríveis panetones gourmet, que mesmo sendo gourmet ainda insistem nas frutas secas, a pior invenção do homem depois do karaokê e daqueles ridículos sachezinhos de ketchup que nunca abrem.

O período também é propício para micos fabulosos. Nessa época, na firma, todo recado público precisa necessariamente ser dado por alguém com um gorrinho vermelho, que é sempre menor que a cabeça do cidadão que o utiliza. Por isso fica meio de lado, sempre a escorregar, o que faz ligar automaticamente o botão "não me leve a sério", por mais que o assunto seja de vida ou morte.

Tão marcante quanto a São Silvestre é a cesta de fim de ano. Um imenso peru, queijos diversos, salaminho italiano e alguns outros mimos gastronômicos -- que só descobriremos que existem depois de abrir a sacola térmica em casa -- surgem de repente, para a alegria das geladeiras dos solteiros.

Andar por Curitiba em época de Natal é uma aventura engraçada. Pode ser só impressão, mas os Papais Noeis, como quase tudo, parecem estar passando por um processo de coxinização. Não têm mais risada de monstro ou barba de verdade, como aqueles das antigas lojas Hermes Macedo – meu primeiro encontro com um Papai Noel foi tão traumático que o resultado foram choros ininterruptos e pesadelos que causariam tremedeiras em Grinch. Dia desses acompanhei a chegada de um exemplar de bom velhinho a um shopping, nossos pequenos inferninhos consumistas, os "vampiros da cidade", como esclareceu Cristóvão Tezza. Bexigas coloridas, faixas douradas estrambólicas, e renas de veludo (?) aguardavam o gordinho de vermelho (barriga falsa), que entrou magistralmente ao som de "É Preciso Saber Viver" na versão dos Titãs logo após o anúncio oficial, feito no sistema de som por um locutor que deve trabalhar também nos rodeios de Barretos.

Mas a sorte de fim de ano não vem só no pular das ondas ou no comer das doze uvas. Na última quarta-feira, à tardinha, um recital de violino em uma das sacadas do Paço da Liberdade, na Praça Generoso Marques, criava finalmente um clima bacana, nos fazendo esquecer por um momento a multidão com sacolas nas mãos e aqueles amigos secretos tão impessoais que te fazem comprar uma cerveja diferente (não tem que não goste) ou apelar para o pacote com três meias (segurança é tudo).

No banco da praça, uma senhora aplaudiu "Noite Feliz" e disse "é isso mesmo!", enquanto um mendigo esbravejou com seu cachorro algo incompreensível. O pré-natal anda chatinho. Mas é muito bom quando o Natal, época carrega esperança e melancolia na mesma medida, ainda nos consegue pregar uma peça, ligeira que seja.

[21/11/2014] [22h03]
Hora do almoço

Foi providencial. Caminhava apressado, cabeça baixa de gravidade. O piscar do sinal de pedestres, estou a desconfiar, separa os aguerridos dos nem tanto. Pois há quem corra como se uma pequena cólera brotasse de repente. Aquele atravessar de rua, então, transformasse na salvação divina. Há quem desista da vida momentaneamente, coloque as mãos nos bolsos em sinal de desalento e só aguarde o verde. Não avancei: sou dos que espera. Foi só por isso – o tempo está a favor de quem o entende – que vi o que vi.

A frio: 13 homens recostados na parede de um prédio na 13 de Maio, esquina com a Barão do Serro Azul. Mas, sei lá. O despojamento harmônico daqueles trabalhadores, sua forma de descansar na sombra na hora do almo-ço, sentados na calçada em pleno Centro de Curitiba, a semelhança – obvia-mente menos estética e mais simbólica – com a histórica foto que Charles C. Ebbets tirou dos 11 homens dependurados no alto da ponte do Brooklyn, em

Nova York, fizeram com que a mão no bolso se atiçasse em busca do celular.

Não fui o único. Uma amiga, dias depois, me mandou exatamente a mesma foto. Ora, então havia algo ali. Semana passada, na hora do almoço, investi. Voltei à esquina para reencontrar os homens de capacete azul. Não tinha pauta. Fui ouvi-los.

A obra em que estão metidos é grande. Um dos prédios, residencial, terá 23 andares. O outro, comercial, 15. Haverá uma galeria interligando os dois, como explicou Douglas Moreira, 23 anos, olhos tímidos, um dos 120 trabalhadores contratados. Douglas é carpinteiro. Mora na CIC e gosta de ver as coisas de cima – está erguendo o nono andar, o mais alto até agora. Reclama do pouco tempo de almoço – é das 11h30 às 12h30, incluindo o descanso na calçada —, mas elogia o bife acebolado com arroz e feijão que havia acabado de matar no refeitório.

Depois de um estrondo monumental no canteiro de obras, Valdecir Lopes, um baixinho agitado e sorridente, irrompe, elogiando a modernidade do mundo, que facilitou muito a vida daqueles cuja rotina é ferro, cimento e areia. "Mas ainda tem que ter força. Força e vontade", diz. Valdecir também mora no CIC e vem trabalhar de bicicleta todos os dias. É decidido. "Não sei quantos quilômetros dá, sei que vou pra tudo quanto é lugar."

Uma placa avisa que "estamos há seis dias sem acidentes de trabalho". O último foi doloroso. Um rapaz prensou o dedo. Teve fratura exposta e tudo. "Rasgou a pele e quebrou esse ossinho", lembra Valdecir, apontando a unha preta no dedo anular. "O meu não foi tão grave."

Mas sobre o quê, enfim, conversariam os trabalhadores da foto naquela tarde de terça-feira? "Sobre a obra. Tem jeito, não." É difícil pensar em outra coisa, dizem, por mais que um rabo de saia ainda mova pescoços. Há a minoria que prefere uma soneca na praça do Homem Nu. E quem leia, embora não se saiba o quê.

Por fim, quem chega para o papo é Elevércio Ferreira, morador do Sítio Cercado. Gordinho e simpático, ele deixa claro que o mais chato, disparado, é fazer a fundação. Porque depende do clima. E se chove, vixe. Um possível assunto para o papo do almoço do dia seguinte: Valdecir, 40 anos, fica surpreso ao saber da idade de Elevércio, 36.

— Sou mais velho que você? Não sabia, homem. Cê tá mentindo!

— Tô não, rapaz. Mas cê tá bem. Quarentão, mas tá bem...

[07/11/2014] [22h03]
Pequenas intimidades

Ler um livro sublinhado por outra pessoa é uma experiência íntima, ainda que quase sempre impere a distância entre quem deixou sua marca e quem a redescobre. Escovar os dentes ao lado de um colega de firma, esbarrar com alguém na rua para logo depois sorrir e dizer "desculpa", reforçar o desodorante na frente da moça com a qual ainda estamos a dividir filmes prediletos, ver alguém comendo uma marmita naquelas forminhas prateadas, ouvir sem querer a música que toca no carro alheio, alta e ruim, pedir por um cigarro solto na banca ou por um pacote de preservativos na farmácia, avizinhar-se de um passageiro no avião por oito horas, ouvir seu quase amigo desafinado desatar a cantar, num inglês deprimente, depois de alguns goles de Antarctica. Ser íntimo de alguém assim, de repente, é compartilhar pequenas aventuras mundanas.

Há alguns desaventurados que negam esses drops de felicidade momentânea, não sei por que – viram para os lados quando a troca de olhar dura mais de 30 segundos, não dizem desculpas quando um braço roça no outro sem querer, fingem que o pacote de figurinhas da Copa é para seu sobrinho e enganam seu companheiro de viagem, possível amor futuro, quem sabe? ao dormir por oito horas seguidas depois de vários dramins, mesmo sem sono algum, mesmo com dor nas costas porque aquela poltrona, meu Deus, é pequena demais. Prestar atenção nos detalhes é uma fórmula para não domesticar o olhar e potencializar encontros certamente banais, há que se aprender.

Mas tentar ser íntimo de alguém em Curitiba, ainda que por um átimo, pode ser um desafio extra, uma fase mais difícil dessa empreitada que, por definição, não é um objetivo, mas um atalho para desviar-nos da nossa existência solitária. Porque em Curitiba são poucas palavras e muitas caretas. O frio é duro e faz recolher. Os amigos não se misturam com outros amigos, e a casquinha de siri do Stuart e o bolinho de carne do Torto é sempre a pedida quando não se sabe aonde ir – a repetição é o caminho mais fácil para o fim dos sonhos.

Há as pequenas encrencas, as relações natimortas, que nunca passarão perto de intimidade nenhuma. Como o que acontece com aquele seu colega sempre que vocês se encontram – e vocês se encontram sempre.

Trocam três ou quatro frases. "Como é que tá lá?" Mas aí o vazio irrompe, devastador. Sabe-se que, para bons amigos e bons amores, o silêncio que não incomoda é a prova definitiva do entendimento. É o sinal de que tudo vai mais ou menos bem. Mas para relações não estabelecidas ou nos casos de desperdícios de intimidade momentânea, o não falar nada é como um buraco negro nascido às pressas.

Na última quinta-feira, uma fila centopéica formou-se aqui em frente à Gazeta do Povo. Centenas de pessoas queriam assistir à palestra de Sebastião Salgado. Dei uma espiada: ninguém se conversava, braços cruzados, caras de fim de feira. Armou-se um tempo de chuva naquele céu plúmbeo, brotou um vendedor de água e refri, e pronto. Assunto para sempre, por dois minutos.

[30/05/2014] [21h05]
Hay Copa?

Uma das grandes vantagens de ser adulto, brasileiro e empregado é poder ir até a banquinha de jornal e pedir deizão em figurinhas da Copa. Na Carlos Gomes as filas em busca dos stickers da Panini são costumeiras. E aos moços da banca os infantes bissextos já não causam surpresa. Há quem compre de cinquentão em cinquentão – é aquela montoeira doida de pacotes. É eficiente, mas atropela o tempo e encurta a brincadeira. Banaliza-se o prazer sádico em dilacerar o pacotinho sem ferir as figurinhas. Pior: a relação com o álbum esfria e completamos as 600 e tantas sem decorar a altura do Neymar, o peso do Xavi, e ver se, por um acaso, o Chicharito Hernandéz não faz aniversário no mesmo dia que você.

Em 1994, enquanto Bebeto ninava seu bebê invisível após o gol contra a Holanda, por aqui eu completava mais um álbum. Era difícil achar figurinhas da Bulgária, rapaz. A cotação de Hristo Stoichkov andava em cinco para um. E mesmo com aquela seleção brasileira de alma italiana – sempre retranqueira, embora cirúrgica, como no gol solitário contra os Estados Unidos –, eram fisicamente visíveis as energias que despendíamos em busca do simples ato de torcer.

Colocar bandeiras na janela do apartamento do Rebouças: verdadeiro ritual. Divertido era fazer tremular uma dessas nas ventarolas dos Chevettes, Monzas e Passats. Nas casas mais bambas ali do Batel, imensos mantos verdes e amarelos cobriam jardins de inverno por inteiro. Cheirávamos à Copa do Mundo. O clima de expectativa silenciosa culminava, depois dos jogos, em buzinaços e em fogos de artifício que coloriam os céus de junho. Multidões nos Fogos Lanza.

Pode até ser que a pirotecnia venha – ou que as miopias tenham aumentado – mas você há de concordar que, se a seleção está nos trinques, algo não vai bem ali na esquina a 12 dias do Mundial. Faz duas semanas, encontrei um jornalista uruguaio que se surpreendeu com a letargia com a qual o país do futebol está se preparando para receber o que deveria ser sua maior visita. "Se não me contassem que teria Copa aqui, nunca ficaria sabendo", disse.

Então, por onde andam as calçadas pintadas com as cores que deveriam nos sufocar? O que é que há com as ventanas desnudas, sem bandeiras a tremular? Que houve com os jogos de amarelinha em ruas de bairro que, em época de Copa, transmutavam-se do branco do giz para um verde e amarelo intenso? Onde estão os carros que antigamente levavam de carona na janela toda uma gente esperançosa? "Que pasó?", me perguntou o uruguaio. "Que pasó?"

Pode ser que o brasileiro cordial se anime mais com festas na casa do vizinho. É chato mesmo arrumar a bagunça no dia seguinte, lavar a louça que faz sumir a pia ou descobrir que algo importante – aquele livro autografado, o álbum branco dos Beatles – sumiu de supetão. Porque não é só colocar uma fitinha colorida no fio de luz. Materializar crenças e expectativas é um ato de fé. Por isso a estranheza incômoda, o silêncio retumbante e a indiferença calculada. Sendo assim, vai ter Copa e não vai ter. Ao mesmo tempo.

[06/12/2013] [22h05]
Curitiba, a vice

É sintomático, é muito nosso e, de tão contundente, até faz rir. Curitiba tem uma atração fatal pelo vice. Adora o quase. Enamora-se com as coisas que já foram. E faz de seus limites não um desafio a ser superado, mas um aconchego eterno. Veja você nosso desempenho na Copa do Brasil: três vices consecutivos – feito que coloca Rubinho no chinelo. Porque não foi uma conquista, já que, como sabemos, ser vice é tão insignificante quanto indesejado.

Durante a semana, outro carimbo de "quase lá". A Quadra Cultural pode deixar de existir porque há um entrevero entre seu organizador e a Fundação Cultural de Curitiba. Virou quase uma briga de egos. De um lado, há Arlindo Ventura, empresário astuto que criou um evento dos mais bacanas da história da cidade. Do outro, A Fundação Cultural de Curitiba, bem-intencionada, que fez malabarismos para que o evento acontecesse como aconteceu em outros anos, sim, mas deu para trás, como se diz, quando a água bateu na bunda. Porque, se Curitiba é para os curitibanos, todos eles, é uma obrigação moral da cidade bancar um evento como este, que ocupa pacificamente as ruas do problemático São Francisco uma vez por ano.

A certeza de que a mentalidade de vice está arraigada por aqui como raiz de araucária veio quando li comentários de leitores sobre o caso. Reproduzo um trecho da opinião do "Bruno", que gritou: "FELIZMENTE CRIARAM VERGONHA E CANCELARÃO (sic) ESSE EVENTO QUE SÓ TRAZ BÊBADOS, DROGADOS E PICHADORES PARA NOSSA REGIÃO."

Talvez seja um problema de miopia, mas os "bêbados, drogados e pichadores" já fazem parte da paisagem natural do São Francisco. E dão uma sumidinha quando, justamente, há mais gente nas ruas. O julgamento instantâneo e egoísta é um baita equívoco a respeito da pulsação da cidade e um preconceito contra a sua própria evolução natural – aquela realizada por seus habitantes. Como diz Jane Jacobs em seu livro Morte e Vida de Grandes Cidades, esse pensamento "não faz mais sentido do que comparecer a um jantar comemorativo em um hotel e concluir que, se aquelas pessoas tivessem mulheres que cozinhassem, dariam a festa em casa".

A pecha de eterno vice retumbou de novo quando o velho punk Marky Ramone, que esteve na cidade e foi DJ convidado do James Bar, disse que as maiores lembranças de Curitiba são do show que fez com o Sepultura em 1994 na Pedreira Paulo Leminski. Pobre Ramone. Nem sabe que um dos maiores espaços de shows do planeta está às moscas desde 2008 por motivos que driblam o bom senso.

Ah, Curitiba. Estamos ficando para trás, como vices eternos e insensíveis, que ignoram até mesmo a estrelinha prateada na camisa.

[26/07/2013] [21h03]
A neve que cai aqui não cai como lá

Deve haver um mandamento ainda a ser noticiado cuja ordem expressa é fazer com que tudo que aconteça em Curitiba revele-se distinto, potencialmente confuso e quase sempre engraçado. Pois em uma cidade com alma saramandística, em que capivaras são habitués de rodoviárias, em que há corrida de pedalinhos, cidade em que uma entidade besuntada pedala de sunga, e na qual o patrimônio histórico, feito mágica, é subvertido em espigões sem graça ou shoppings emperequetados, a neve não poderia retornar de qualquer jeito.

Em Curitiba, é caso de divã essa expectativa quase doentia, a ansiedade pelos floquinhos, a tara pela neve. Talvez porque, inseguros de frio, precisemos reafirmar a nós mesmos que somos a capital mais gelada do país, ora, onde até neva.

O rebu da última terça-feira durou minutos, mas será lembrado e discutido até a próxima neve, daqui a 38 anos, talvez. Metade, ao menos, do que demora o cometa Halley – outro que muitos dizem que viram, mas não viram.

Se teve uma coisa boa nessa história toda, cientificamente falando, foi aprender o que é *sleet*, a chuva congelada capaz de separar otimistas de pessimistas. O fato é que, com *sleet* ou a neve que caiu (caiu?), tão mirrada que não deu nem para um boneco, a terça-feira passada foi singular.

Relatos dão conta de que pedestres encorujados, assim que notaram pontos brancos na japona, cumprimentaram espontaneamente quem vinha na direção oposta, acenando com a cabeça ou levantando o polegar enluvado. "Tá nevando," disseram, baixinho, com a incerteza de quem fala com um estranho às 8 da manhã. Mais ou menos como fazem os ciclistas que se cruzam pelo caminho, cúmplices do bate-queixo de todos os dias de julho. O frio aproxima, então?

Às 10 horas, fotos em redes sociais tentavam mostrar algo que, de fato, não existia. Seria *sleet?* Nas conversas de elevador – teve até disso na terça – perguntas se sobrepunham, buscando uma verdade comum e alentadora, capaz de apaziguar quatro décadas de esperança.

– Você viu a neve?

– Vi. Quer dizer, acho que vi.

No clima de freezer aberto que se instalou na madrugada de segunda-feira, o responsável pelo Twitter do Simepar, com precisão poética, soltou essa: "Gente, vamos com calma. Esta câmera ao vivo no Batel registra esta garoa fina, que brinca livre ao vento, que está presente em toda Curitiba." O pessoal chateou.

Mas horas depois, confirmado o fenômeno para além do *sleet*, veio o registro em música. Lívia Lakomy (da banda Lívia e os Piá de Prédio) e Bernardo Bravo (da Felixbravo), lançaram no YouTube "Mas Que Nevou, Nevou", um resumo do acontecimento mais rápido, gelado e incrível dos últimos tempos nessa cidade adoravelmente histriônica. "Da minha janela vi o floquinho cair/ Desci pelo elevador/ Mas quando cheguei no térreo notei/ Que a neve não esperou." Só em Curitiba dez minutos duram tanto tempo e são capazes de tanta coisa.

[07/06/2013] [21h05]
Joaquim, um curitibano

Sabemos que o curitibano típico é aquele cara que você vê todo dia, mas com quem nunca conversou. É assim o Joaquim. No café da firma, durante a mexidinha no açúcar, rola um "opa", e não muito mais. Se por acaso vocês sentarem perto um do outro, depois de alguns meses de trabalho, viva, estabelecerão conversas ocasionais. Compreenda, entretanto, que elas acabam antes do previsto. Ou com o Joaquim voltando seus olhos para a tela do computador, embora ainda conversando, já que ele não é, como todo mundo pensa, mal-educado. Ou, se vocês estiverem em pé, com ele subitamente seguindo a qualquer direção, ao mesmo tempo em que prolonga o fim da frase derradeira com a ajuda de uma risada mal-ajustada. "Vou aliiiiiiiiii..." Há Joaquins que preferem ir ao banheiro para dar um tapa no penteado. Outros vão em busca de um copo d'água, mesmo sem sede.

É possível reconhecer o Joaquim quando lembramos do que é capaz, ironicamente, o sistema nervoso simpático. Mesmo os tipos mais confiantes ruborizam quando falam em público, contam uma piada – caso que exige doses cavalares de cangebrina – ou defendem sua opinião, por mais que tenham razão. A adrenalina acelera o batimento cardíaco. As pupilas se dilatam. Os músculos se retesam. Assim estamos prontos para nossas guerras particulares.

No bar, o Joaquim brilha. Revê sua posição no mundo e coloca em xeque todas as suas crenças quando está na metade de um chope e o garçom, "onde já se viu?", lhe oferece outro. Não estamos acostumados a receber tamanha atenção.

Quer encontrar um curitibano típico na rua? Procure uma fila na sombra. Há um silêncio rotundo que a percorre de cabo a rabo. Existe a chance de você estar no fim da fila e, quando chegar sua vez de pedir uma casquinha na Rua das Flores ou um Chocomilk na Confeitaria das Famílias, saber que aquele caixa não está funcionando. "Pomba!" A informação até existe, lá no começo. Fazê-la chegar ao último Joaquim ainda é um desafio para toda a ciência.

Em shows, o desastre para o Joaquim é quando a plateia começa a bater palmas. Putz. É preciso ritmo. Levantar-se da poltrona para, com cara de banana flambada – um sorriso frouxo, sem mostrar os dentes – bater as mãos uma na outra. Devagar para não chamar atenção.

O Joaquim prefere arder no fogo de mil infernos a assistir a uma peça interativa. Comichões surgem quando ele imagina uma atriz empetecada lhe convocando para o palco, com a cara de quem cerca um animal para o abate que não demora. Não dá.

Um grande atentado ao status quo Joaquiniano é o Palhaço da XV. Aos sábados, qual um Moisés brincalhão, ele divide a multidão de Joaquins, que preferem se espremer nos corredores laterais, como ratinhos acuados, a descobrir o que aquela figura pode aprontar. Em dias de poucos "estrangeiros" nas ruas, o palhaço convive com a solidão. Sentimento que deve ter aprendido na lida diária com os milhões de Joaquins que o ignoram silenciosamente.

[29/03/2013] [21h05]
Pombas, um almoço no Passeio

Depois de driblar um senhor de pulôver que procurava pelos pavões – "e pavoas!" – do Passeio Público, o restaurante do espaço me pareceu o destino mais coerente naquele meio-dia de quarta-feira.

O prato feito custa R$ 9,90. É bem-servido e, esbanjando alho no feijãozinho carioca, até faz valer todos os caraminguás. O problema é o clima desolador do interior do restaurante – que contrasta com a vista inspiradora que surge quando se olha ao redor. Isso e as intrusas aladas que teimam em aparecer na minha vida nas situações mais improváveis: as pombas.

Durante todo o almoço, o desafio foi manter os bichos a uma distância segura. Havia uma branca, crica; e a preta, provocadora. Elas rodeavam a mesa com aquele jeito peculiar que as pombas têm de balançar o pescoço. E bicavam o invisível, só para aporrinhar. Já estava imaginando o momento em que, com aqueles pezinhos vermelhos endiabrados, me implorariam por um pedaço de frango à passarinho.

"Daqui a pouco elas sobem em cima da mesa", avisou o garçom. Me atraquei ao prato, espantei um dos bichos com os pés e torci para que o rapaz estivesse brincando. Devia estar, já que não havia muito mais o que fazer por ali a não ser divertir clientes ou arremessar tampinhas para espantar as pombas. Era isso. Às 12h30, só três pessoas almoçavam no Passeio Público: deserto no Centro de Curitiba.

Logo depois, o equilíbrio. Havia uma pomba por cabeça, já que outra ave, cinzenta, entrou estabanada – tenho a impressão de que as pombas são os únicos seres com asas que têm preguiça de fazer o que se deve fazer com elas. Deus dá asas para quem não sabe e também para quem não gosta de voar.

Para completar, o único som que havia, além do arrulhar geral, vinha da rádio Ouro Verde FM. Então, aos lamentos de Elton John – "oh Nikita you will never knoooow, anything about my hoooome" – um senhor na mesa ao lado pediu a segunda cerveja. "Até que enfim fez sol", disse o garçom automaticamente, antes de jogar a tampinha da garrafa no cocuruto da pomba branca, que nem assim voou. A pomba é o verdadeiro bicho-preguiça.

O senhor, aliás, parecia enlutado. Vestia jaqueta, calça e boné, tudo preto. Olhava com ar de nostalgia para o lago, sujo. E para os pedalinhos, estáticos. Viu uma moça passar correndinho na pista de cooper e começou a batucar na mesa com o nó dos dedos. Talvez até tenha balbuciado um samba antigo.

Enquanto tomava um gole e agora lidava com as mesmas pombas – ele pediu uma porção de alguma coisa, e esses bichos são loucos por qualquer coisa – dois bombeiros entraram no restaurante. Prancheta na mão, foram em direção à cozinha. Talvez quisessem verificar a validade do extintor. Ou só bater um papo. Porque nunca se sabe o que pode acontecer em uma tarde de quarta-feira, em um lugar semidesértico com pombas famintas onde toca R.E.M. – "that's me in the corner/ that's me in the spotlight".

A dupla saiu logo da cozinha, sorrindo. "Bom serviço", disseram em coro a quem os recebeu. O senhor de preto bocejou antes de levantar o dedo para sinalizar outra cerveja. O garçom tentou nova tática e fez "tschhhhhhhhhh" para espantar as pombas, antes de jogar a tampinha da garrafa. As *Columbia livia* bateram asas sem coordenação, arrulharam mais um pouco e deram a entender que iriam se bicar em breve, seriamente, caso não sobrasse um bacon daquela porção de aipim. E ainda dizem que pombas são o símbolo da paz.

[28/09/2012] [21h05]
Como se tornar invisível em Curitiba (em época de eleições)

Andar em uma cidade em época de eleições exige destreza e paciência. Caminhar pela calçada, simplesmente, fica bem mais difícil por esses tempos de promessas. Pois, além das danadas das pedras soltas que cospem barro depois da chuva, há que se desviar também dos cavaletes, trombolhos de madeira desengonçados estacionados em lugares estratégicos. São feitos para tropeçar. Há quem chute também, alegando desequilíbrio momentâneo. Ou miopia aguda.

Vez ou outra é melhor rir. Seja porque, para evitar acidentes, andamos em ziguezague, seja pela foto do candidato. Gostaria muito de saber qual a orientação que eles recebem antes do clique. "Olha, faça cara de quem..." De quem? "Coloque essa camisa salmão, ela vai te deixar mais..." Mais o quê?

Por essas épocas bissextas há também ações que beiram a violência. Percebi recentemente, vagando a pé pelos arredores da Tiradentes, que a estratégia dos que entregam santinhos e publicações de determinado candidato é cercar a vítima. Há um estratagema: alguém surge à sua frente, você desvia, e na mesma hora, ao lado, há outro alguém com a mão esticada, oferecendo insistentemente um papelzinho, ou um jornal malfeito. Sem querer, vocês dançam uma pequena valsa e seu par casual repete palavras incompreensíveis. É até agressivo, e por isso continuo recusando – a insistência nada tem a ver, por exemplo, com o remorso que temos quando vemos as garotas de alguma loja de sapatos descerem aquelas escadas misteriosas com uma pilha de caixas. Porque é muito difícil, depois disso, dizer "não vou levar nada hoje." E não é só dos pedestres que a invasão de cores, números e fotos suspeitas rouba o sossego.

Há os candidatos que se promovem em duas rodas. De bicicleta, são como cavaletes andantes. Pequenos e impertinentes cavalos de Troia cujas surpresas virão no primeiro dia de 2013. Um, especificamente chato, tem a pachorra de prender uma caixa de som à bicicleta e sair pela cidade deflagrando seu jingle-chiclete. Dias desses li no Twitter um punhado de mensagens dizendo "cuidado, o candidato X está em tal lugar." A perturbação alheia é uma antipropaganda. Marqueteiros políticos deveriam saber disso.

Pois então, basta andar de carro. Fechar os vidros, ligar o rádio – depois das 12h30 – e rodar. Até que você se depara com o carro à sua frente. No vidro traseiro, há aquela mesma foto engraçada do cavalete, mas agora esticada desproporcionalmente. O limpador surge no queixo do sujeito, levando quase a zero a sua credibilidade, que já era pouca. O número? Ninguém enxerga porque o carro, o vidro, estão sujos.

Por sorte ou desconhecimento, ainda não vi aviões divulgando fotos e números de candidatos. Então, desviar o olhar para cima enquanto se caminha em uma cidade cheia de obstáculos pode ser uma saída até a semana que vem. O problema é que, com a cabeça erguida, podemos acertar um ou outro cavalete por aí. Sem querer, obviamente.

[06/07/2012] [21h05]
Corinthians x Curitiba

Graças a um punhado de boas notícias, a alguns eventos culturais, a pessoas que não vieram a esse mundo à toa e até a confusões em praça pública, a palavrinha andava meio sumida nos últimos tempos. Escafedeu-se mesmo. Mas ela voltou com a força de rojões explodindo na última quarta-feira.

Metade do mundo vibrou, metade tentou ignorar. Mas o Corinthians foi, sim, campeão da Copa Libertadores da América e, se deixou para trás um tabu, criou um arsenal de novas piadas. Às 23h13, saiu o primeiro gol de Émerson Sheik. Vizinhos gritaram mais alto que Cléber Machado. Instantaneamente, fogos de artifício explodiam no céu de um estranho veranico de julho, fazendo de Curitiba, naquele momento, uma província futebolística de São Paulo.

Vinte minutos depois, lá estava Émerson comemorando outro tento. O segundo que, como se diz no futebol, fechou o caixão. Para Curitiba, ele abriu o sarcófago. E dele ressurgiu a palavra maldita, que talvez precise de uma simples conta para ser bem compreendida nos dias de hoje.

Metade da autofagia – eis a palavra – do curitibano está em ignorar o que é produzido aqui com qualidade. Ignora-se não porque exista uma maldade intrínseca a quem vive entre pinheiros, vinas (nem o Word reconhece a palavra vina, acaba de marcá-la em vermelho aqui) e ônibus biarticulados. Ignora-se porque não há interesse em algo que está na esquina, fácil. Ignora-se também, ainda que raramente, porque há inveja, sentimento que surge normalmente quando algo extraordinário bate de frente com a normalidade das coisas. Falo de música, também, por mais que o interesse pela produção local, hoje, seja maior do que o de virar as costas. Mas voltemos ao futebol, mais precisamente ao Coritiba na semifinal da Copa do Brasil.

No segundo jogo contra o São Paulo, há três semanas, ouviu-se um grito tímido aqui, e notou-se uma explosão que coloriu o céu ali. Comparando com o festejo dos corintianos, ignoramos o que fazíamos de melhor naquele momento, com aquele 2 a 0 indiscutível. Talvez não por maldade, como disse, e sim porque somos assim: compramos menos fogos, gritamos pouco e não gostamos de tanto barulho. E ainda reclamamos se o vizinho extrapolar na comemoração. Por essas e por outras, a Avenida Batel ficou mais cheia de corintianos na última quarta-feira do que de coxas-brancas no último dia 20 de junho. (Escrevo esse texto antes da primeira partida da final contra o Palmeiras. Mas aposto uma paçoca de rolha que a situação não foi muito diferente, e nem será se o Coritiba for campeão.) Esses casos, enfim, em que ignoramos nossos próprios brilhos, nem que seja economizando nos fogos e no gogó, perfazem os 50% da autofagia.

A outra metade, a versão legal da coisa toda, está na valorização de nossas idiossincrasias, aquilo que nos faz estranhamente diferentes e universalmente únicos. É como, por exemplo, escrever um conto em que há um personagem que sai de casa de bermuda e cachecol – não é louco, é curitibano prevenido. Ou então dizer simplesmente que, em um só dia, Curitiba é capaz de viver as quatro estações do ano. Esses outros 50%, portanto, são resgates instantâneos de nossa memória, que, a longo prazo, espera-se, irão nos revelar, e não nos consumir.

Prova maior e bem atual é Dalton Trevisan, autor – vamos de neologismo – "metafágico", que usou Curitiba para criar o seu mundo e ganhou todos os louros com isso. A autofagia, como a conhecemos hoje, é uma moeda. Ora cai de um lado, ora de outro. Nesse sentido, não sair às ruas para comemorar um título pode ser mais curitibanamente verdadeiro do que criar um buzinaço insuportável.

Atentemos a isso, valorizemos as nossas particularidades para postergar a nossa existência. E também a vina, que ainda continua sublinhada em vermelho por aqui.

[09/03/2012] [21h05]
Corra e olhe o céu

Faz sol em Curitiba. Foi uma semana inteira assim, para a surpresa daqueles que não sabiam muito bem como reagir a uma sequência rara e implacável de dias de céu azul. E então, empolgadas com os últimos eventos na cidade, pessoas saíram às ruas, ainda mais. Na XV, houve um desfile de guarda-chuvas, "licença", que, "opa", de súbito se transmutaram em guarda-sóis. Havia chopes nas mesas, suando ao contrário, de tão gelados. E sol.

Nesta semana, veja só, o vizinho me deu bom dia e, numa atitude repentina e inesperada, segurou a porta do elevador. Vitamina D.

Mas algumas coisas não mudam, mesmo que Curitiba vire do avesso. Os congestionamentos na Vicente Machado, por exemplo – que agora tem asfalto novo e lisinho para não sei quem usar, já que todos ficam parados como poste.

Ali, motoristas de carros velhos ligaram o ar no 2, mas, puxa, a coisa pareceu ficar ainda pior. Tentaram o nível 3 e o ar era quente, um verdadeiro budum. Então abriram toda a janela, a ventarola, colocaram os braços para fora e bufaram, insatisfeitos, mas compreensivos.

Motoristas de carros novos, por sua vez, ligaram o ar-condicionado, fecharam os vidros insufilmados e mantiveram o foco no trânsito, empacado. Claro que com a ajuda de uma garrafinha de água gelada, porque ninguém é de ferro. Uma buzina aqui, outra ali. E sol.

Durante a semana, saíram às ruas bicicloativistas sem camisa, que apreciavam o vento na cara, sim, mas tinham também de limpar a testa do suor salgado. Durante estes sete dias, os ônibus, os grandes, os mais modernos e maiores ônibus do mundo, bem que poderiam estar sem janelas. Na verdade alguns deles quase as perderam, tamanho o esforço de passageiros suados e encaixotados em fazer com que mais vento entrasse, forçando as vidraças, inclusive as de emergência. Em um ato de desespero, veja você, leques foram vistos balançando por aí, para a surpresa de quem nunca viu esse ventilador manual e egoísta.

Até as baratas acusaram os muitos graus. Não suportando a quentura dos subsolos, os insetos arriscaram suas antenas nas calçadas de petit-pavé, ora enfrentando uma fresta, ora escalando uma calçada solta. Até serem esmagados (sem querer) por algum sapato bem lustrado, preto e quente, elegantemente quente. Porque sol fazia.

Nas canchas de futebol, a pelada da gurizada durou menos essa semana. Muito sol faz mal pra cabeça, dizem as mães. Mais ainda para quem não está acostumado a tanta quentura, a quem sempre leva uma malha na mochila para se proteger do vento frio do fim de tarde. Mas não, parecia que fazia sol até à noite.

Olho para fora agora e vejo que não há uma nuvem sequer no céu, que brilha. Sinal de que o bom tempo continua. Penso se seria mais fácil viver em Curitiba se todo dia fosse assim, marcado por esse calor dos infernos. Em um exercício futurista, imagino uma piscina no bondinho, vendedores ambulantes oferecendo o kit protetor solar/ pão com verde e o Oil Man finalmente fazendo jus aos seus trajes mínimos.

Não haveria mais cachecol, sobretudo e tênis molhado. Seria uma vida sem cinza e sem aqueles pisões nas calçadas soltas, que sempre mancham a calça com sua água barrenta. Imagine Curitiba sem alagamentos, sem queda de energia. Sem aquele cumprimento protocolar que se inicia com "tá frio, né"? Curitiba não seria a mesma, entretanto, sem uma cara carrancuda a nos observar, sem o vazio nas ruas digno de um domingo zero grau, aqueles em que se come pinhão na chapa. Faz sol, muito sol. Ao menos por enquanto.

[04/03/2011] [21h46]
Não me reprima, diz o carnaval curitibano

"Carnaval, carnaval. Fico tão triste quando chega o carnaval." Só podia ser Luiz Melodia o que tocava naquele apartamentozinho no Centro, em frente a um distinto bar que, com a ajuda de foliões serpentinados, entoava seu tradicional grito de alegria anunciando que a festa de quase uma semana inteira começava.

Foi de uma maldade sem tamanho o que fez o vizinho na última quinta-feira. Passou a mão no telefone – talvez com alguma raiva – e discou 190, informando que a baderna estava correndo solta bem ali na sua fuça.

Eram só oito e pouco da noite e a esquina fervia. O chão tomado de confete, a bandinha tocando marchinhas, o barril de chope ficando mais leve. E aí surgiram as sirenes e luzes, e com elas um pedido-ordem para que a festa acabasse ali mesmo e daquele jeito, quase como começou.

Como se não bastasse o frio e a garoa que açoitavam os sambistas sem jeito, agora era a voz das autoridades que ajudava a desafinar o bloco. Eram só oito e pouco da noite.

Parece que carnaval em Curitiba é algo que insiste em acontecer e por isso mesmo deve ser reprimido. Onde já se viu ir cantar "Bandeira Branca" em uma celebração de um bar de esquina?

Pior então é vestir a fantasia que cheira a mofo, a máscara de pierrô, esperar até 18h30 de hoje e dividir a experiência de ver o desfile das escolas de samba na Cândido de Abreu. Pois até os trios elétricos sofrem cerceamento. Quando passam pela lombada, a bateria perde o compasso e a porta-bandeiras balança diferente.

A maior festa do mundo soa como intrusa em uma cidade tão pouco dada a alalaôs. Quando acontece, vixe, é motivo de comemoração.

Pois, na mesma noite em que um vizinho de mal com a vida provocou a ira de pseudo-foliões, uma banda da cidade promoveu um carnaval particular em um bar tradicionalmente hype. DJs de outrora devem ter se revirado em seus cases quando ficaram sabendo que a música ambiente era samba e pagode. Onde já se viu? A notícia deveria correr o mundo, com manchetes sensacionalistas como "Pagode até o amanhecer", "O Rei Momo foi ao fumódromo" ou "Nelson Cavaquinho botou pra quebrar".

E que não me venham falar do carnaval do Rio de Janeiro, megalomaníaco e profissional – como se fosse possível profissionalizar uma festa que acontece espontaneamente. Também não vale o carnaval artificial de clubes, que reduzem a folia a um grande baile a céu fechado. O bom é sambar na chuva e no frio. Ouvir baterias atravessadas tomando uma Wimi, pensar em uma fantasia em que o guarda-chuva seja acessório indispensável. Não é bom nem ruim, é o que temos.

É por essas e outras que fico aqui neste carnaval, único e divertidamente plural, que consagra até zumbis e banda dinamarquesa – falo do Psycho Carnival, outra faceta bizarrinha do carnaval curitibano.

Pois bem. As arquibancadas do Centro Cívico já estão montadas, avisa um colega. As luzes a postos já iluminam as barraquinhas, que agora devem vendendo água para quem pensa que cachaça é.

E você, vizinho do apartamentozinho do centro, fã de Luiz Melodia, da próxima vez não recrimine um estalo de brasilidade, uma fagulha de sangue quente misturado a ziriguiduns exóticos. De balde d'água fria, amigo, já bastam os que vêm com a chuva.

[17/02/2012] [22h05]
Não me reprima, diz Curitiba

Faz um ano que publiquei neste mesmo espaço um texto cujo título era "Não me reprima, diz o carnaval curitibano". O mote foi a situação curitibanamente surreal que aconteceu na esquina das ruas Visconde do Rio Branco e Saldanha Marinho. Em 2011, o grito de carnaval que dá ainda mais cor ao Distinto Cavalheiro – com saudosas marchinhas, serpentinas atarantadas, senhores e senhoras levemente fantasiados – foi interrompido porque alguém reclamou que "o som estava alto". Eram 20h10 da noite, se bem me lembro. Um dos donos do espaço foi levado para a delegacia, de camburão, sob vaias de toda aquela gente que antes se divertia e gritava "Savoia!" quando o ônibus amarelo passava devagar em frente ao estabelecimento.

Pois bem. Na última quinta-feira, o grito aconteceu de novo, com ainda mais gente – essas pessoas estranhas que saem do trabalho de terno, mas que não perdem o rebolado. O mesmo sujeito que foi considerado criminoso por algumas horas teve uma, como se diz, presença de espírito fora do comum e estava fantasiado de presidiário. Foi a forma mais irônica e emblemática de tratar um tema crônico que teve seu ápice no domingo, 5 de fevereiro, um dia para não ser esquecido.

Tinha em mente uma teoria que beira o pessimismo, mas que, com os fatos de ultimamente se transforma em realidade. O que ocorreu no Largo da Ordem naquele pré-carnaval foi sintoma visível de uma cidade que está atrás de seus cidadãos. Curitiba anda, e tenta andar rápido. Há festa na rua, há gente disposta a ouvir boa música, a interagir, dialogar, sentar no banco da praça. Há também pessoas deixando os carros em casa e cogitando dar umas pedaladas para se locomover e não para passear. Exatamente porque pensam na cidade, e contribuem com ela, mesmo que aparentemente estejam resolvendo um problema individual – no caso das bicicletas. Mas chega o momento em que a serpentina vira algema, e a cidade se prende em suas próprias – e talvez já não tão válidas – idiossincrasias.

O que aconteceu no Largo, a invasão da polícia e sua tropa de choque, foi o ápice disso tudo porque antes o Beto Batata foi impedido de proporcionar boa música. Violão e piano estavam incomodando alguém, que ligou para alguém, que ligou para a polícia. Fim de papo. O que aconteceu no Largo foi o cúmulo porque antes disso foi criada uma ciclofaixa que liga o nada a lugar nenhum. As cacetadas e tiros de borracha distribuídos a esmo foram a gota d'água porque a Pedreira está fechada. A ação que acabou por exterminar uma festa pacífica que ocorre há 13 anos foi inadmissível porque um dos sócios do Ao Distinto, citado no início deste texto – que já venceu um prêmio Jabuti de literatura – foi levado para a delegacia no porta-malas de uma viatura.

Aprofundo a discussão e, agora, peço a sua ajuda para tentar entender o porquê disso. Por que o status quo de uma cidade não pode ser alterado? O curitibano é fechado? É. Eu sou. Mas, quando vejo a possibilidade de vivenciar algo a que não estava acostumado, tento ao menos compreender. Na segunda-feira seguinte à ação desmedida de uma polícia totalmente despreparada, um colega comentou que Curitiba é uma cidade higienista. Infeliz e assustadoramente, faz sentido.

Como se tivesse um espanador nas mãos, Curitiba vai "limpando" o que nunca foi historicamente seu. Porque podemos celebrar o pernil com verde do Bar Mignon, mas, onde já se viu, nunca poderemos nos divertir com um evento criado por alguém que veio do Nordeste – foi esse o argumento de um curitibano que ouvi por aí, referindo-se a Itaércio Rocha, o criador do grupo Sacis & Garibaldis. Fascismo. Todo esse conjunto de fatores, enfim, entristece mais do que revolta.

O Karnak de André Abujamra tem uma música que diz "o mundo muda, a gente muda". Ora, as mudanças começam nas pessoas, na sociedade que vive e convive entre si, e que finalmente utiliza sua cidade, que se torna, por sua vez, uma projeção fiel de seus habitantes. Curitiba parece não perceber isso às vezes. E está tão ou mais estacionada do que o bondinho da Rua XV, símbolo-metáfora de uma capital bonita, mas quase estacionária.

[21/10/2011] [22h05]
Por inteiro e não pela metade

As coisas andam acontecendo, é bem verdade. Mas não por inteiro. Em maio de 2010 houve um evento cultural estranho e inédito por essas bandas. Foi chamado de Curitiba 12 Horas, e levou gente como Mutantes e Blindagem aos desconhecidos Parque do Semeador e Parque Peladeiro, no Bairro Novo e Cajuru, respectivamente. Música e atividades artísticas por 12 horas em regiões desacostumadas a isso. Fornecer cultura a quem está quase sempre longe dela é primordial, mas, mesmo com a facilidade de transporte propiciada pela prefeitura, pouco se ouviu falar dos shows, da integração tão necessária com aqueles bairros periféricos. Não pegou. O otimista diria que "foi um começo." Ainda que pela metade.

Seis meses depois, aí sim. Como se tivesse passado por um test-drive, a Virada Cultural Curitibana aconteceu em novembro do ano passado. E foi um sucesso. De crítica, de público, que cantou com Paulinho da Viola, Erasmo Carlos e Pato Fu. São Pedro ajudou também – e isso faz uma grande diferença quando falamos do esquizofrênico clima de Curitiba. Seguindo o que parece ser uma tendência há algum tempo por essas bandas – sair de casa para viver a cidade, ainda que seja de cachecol – o Centro de Curitiba foi ocupado por 24 horas. Uma beleza só, dividida em três palcos. Houve também a Corrente Cultural, que se instalou para valer em regiões mais afastadas e deu o que falar. Foi tão bacana que na última quarta-feira foram anunciadas as atrações da 2.ª Virada Cultural, que acontece nos dias 5 e 6 de novembro.

Almir Sater, Jair Rodrigues, Copacabana Club e Ultraje a Rigor entre elas.

O caso da semi-virada e da virada por inteiro é emblemático e vem se repetindo em diferentes circunstâncias e momentos. Parece que não basta o conclame de quem utiliza a cidade, por assim dizer. Não importa a corrente que está aí, nas calçadas de petit-pavê da Rua XV, nas bicicletadas, em eventos nas Praças da Espanha da vida, no YouTube com os clipes mais bonitos da cidade. É sempre necessário um teste, uma "meia-alguma coisa" antes. Falta ousadia e senso de oportunidade para quem decide o quê e quando fazer. Para ficar no clichê, é como se ter uma casa de shows como a Pedreira Paulo Leminski e deixá-la às moscas.

Outro exemplo: semana passada um caminhão pintava uma faixa vermelha na Rua Marechal Deodoro. Descobri depois que se tratava de uma ciclofaixa. "Oba", comemorei silenciosamente, antes de descobrir detalhes do projeto: ela tem só quatro quilômetros, funcionará um domingo por mês, e com horário marcado: só se pode pedalar das 8 às 16 horas. Mais: fica do lado esquerdo da via, contrariando o Código de Trânsito Brasileiro, que recomenda ao ciclista pedalar do lado direito do tráfego. Em suma, é uma meia-ciclofaixa para passeios turísticos de risco.

Ela será inaugurada amanhã, já sob protestos. É mais um teste para ver se pega? Então quem sabe, como aconteceu com a Virada, daqui a algum tempo teremos realmente uma ciclofaixa que ligue pontos cruciais da cidade, e que sirva para o transporte, para desafogar o trânsito, enfim, e não para turismo em horário pré-estabelecido. Há que se testar, ao que parece. Seremos cobaias novamente.

Então, em uma conversa virtual sobre isso, um amigo músico e – criei esse termo agora – "pensador cultural" definiu: "Curitiba é uma cidade-coxinha." Porque é tudo pela metade. Se fosse uma pessoa, cumprimentaria os outros com a "mão mole", como se diz. O que é horrível. Não concordo com ele plenamente. Basta lembrar que, ainda falando sobre música, falta um cadinho de união dos "novos curitibanos" e atenção para os "velhos", que já deram sua contribuição para tudo que aconteceu de bom nos últimos tempos. A outra metade do todo, nesse caso, é *mea culpa* de quem reclama. Mas essa é outra história.

O fato é que há tempos deixamos de ser meia-cidade. De província, não há nada. Ontem assisti ao VMB e vi cinco artistas curitibanos entre os indicados. Dia desses conversei com um dos integrantes de uma banda da cidade e o papo foi melhor do que a maioria dos que já tive com medalhões da MPB. Há uma nova onda – de bandas a ativistas da bicicleta, de artistas a blogueiros e (até) jornalistas – que pensam Curitiba. Pensam por inteiro, e não pela metade.

[15/07/2011] [21h05]
A verdade está lá fora

Que taxistas e porteiros são as melhores fontes do mundo, não há dúvidas. Dúvidas existem, no entanto, quando a opinião sobre algo se torna um chute daqueles, que ora acerta o alvo e embasbaca o jornalista, ora se transforma em palavras que dariam orgulho a Hunter Thompson, norte-americano maluquete, coração do jornalismo gonzo, aquele que nebula a relação entre o que é verdade e o que poderia ser. À história.

Numa fria tarde curitibana, embarquei em um laranja desses. Carro novo, bem cuidado, flanela laranja no painel, cheirinho de framboesa. "E esse frio?" – sou muito conservador no quesito frases protocolares, as entendo como um rito necessário.

"Pois, é rapaz", me disse o senhor, dono de um bigode que faria Groucho Marx repensar o seu. "Sabe o que aconteceu, né?". A pergunta me deu coceira nas mãos. Não se diz uma frase dessas para alguém que acabou de sair de uma redação de jornal. "Não sei não", disse eu, languidamente, esperando a conclusão daquele estopim já iniciado. "Pois é, rapaz" – ele gostava daquela expressão.

"Numa noite fria dessas aí, um pessoal viu uma fumaça estranha em um descampado". Ele era bom contador de histórias. Mudava as marchas entre as frases, que, em ritmo lento, sempre eram como aperitivos para a notícia que deveria surgir em breve. E usou a palavra "descampado".

"Disseram que foi em Campo Largo. Viram um troço cheio de luz baixar de repente". "E o que aconteceu?", perguntei, curvando o corpo para a frente. Queria ouvir melhor aquela voz que quase me fez pegar o bloquinho de notas. "Sumiu. Ninguém mais viu. Foi muito rápido". Poxa.

"Sumiu? Sumiu como?", insisti. "É. O mundo tá muito estranho, né? Tsunami, terremoto e agora essas coisas", me disse. Que coisas? Queria saber mais. De que tamanho era, de que cor eram as luzes, se algum homenzinho verde saiu do troço, o contato de alguém que tenha presenciado o sobrenatural. Ser Fox Mulder por um dia. "Só fiquei sabendo disso. Mas o mundo tá muito estranho, né?". Está sim. Cheguei em casa frustrado, mas fucei a internet atrás de alguma coisa voadora e fumacenta em Campo Largo. Nada.

Num outro dia, mais ameno, chego de bicicleta e cumprimento o porteiro da noite. "Bom andar de bicicleta, mas tem que ter cuidado. Ontem diz que um voou aqui perto." "Voou?". "É, se perdeu na rua, passou um carro e pluft." "Pluft?" "Acho que tá no hospital o rapaz, diz que um braço foi para longe, e as pernas pareciam carne moída". Engulo seco, procuro vestígios na rua e não acho nada. "Foi o que me falaram...".

O porteiro da noite tem o estranho hábito de acrescentar "esses" no final das palavras. Então, além de tudo o que ele fala ser plural, sua oratória se torna algo quase mágica, uma coisa meio élfica – pense em Galadriel, de O Senhor dos Anéis, até para dar um tempo em Harry Potter.

"Mas e veio a polícia, ambulância?". "Olha [pense nos silvos dos "esses"], não sei. Mas diz que foi feio, viu. Tem que tomar cuidado. Esse mundo tá muito estranho".

Fora pataquadas ufólogas ou sensacionalistas, continuo achando que taxistas e porteiros são ótimas fontes. E servem também como um termômetro para se ter a mínima ideia de qual é o zunzunzun do dia. Se é a seleção que não desencanta (por incrível que pareça não é um assunto unânime), se é o trânsito que não anda (sobre esse tema os taxistas desandam a falar), sobre as baladas em que vão resgatar meninas da alta sociedade alteradas pelos vários drinks ou sobre o mundo, enfim. Que tá muito estranho.

[01/07/2011] [21h05]
Rodriguenas

Tive uma semana que faria Nelson Rodrigues se livrar temporariamente de seu eterno descanso boêmio e dar mais uma tragada em um cigarro barato. Como deveria de ser, começou no Rio de Janeiro. Saí para jantar em um restaurante da bem-aventurada praia de Copacabana. Havia o barulho do mar, abafado pelo som dos ônibus e pela buzina dos táxis amarelos, todos aqueles 28 graus às 20 horas e os turistas europeus branquelos, que pareciam comemorar ao usar regatas com a frase "I Love Rio".

Termino meu papo com a garçonete engraçadinha – mesmo uma conversa funcional no Rio é maior, há comentários não óbvios e um jeito de falar que nos deixa à vontade –, quando sou surpreendido por uma senhora de blusinha branca. Loira, com seus 50 anos bem disfarçados, não bonitinha, mas ordinária, cruza as pernas flácidas antes de me falar algo que não vou reproduzir aqui com medo de enrubescer novamente. Digo qualquer coisa em meio a uma risada discreta. Ela mexe no celular vermelho, passa novamente a língua nos lábios e vai embora, bolsa a rodar.

Chega a cerveja e com ela duas outras moças extra-balzaquianas. Uma masca chicletes desesperadamente. A outra tem um semblante triste e valoriza os seios portentosos, como se não acreditasse que toda nudez seria castigada. Elas perguntam sobre a cerveja, se está gelada, se serve para espantar o calor e, finalmente, se eu preciso de, hum, algo mais. Digo que estou bem, obrigado.

As duas se sentam à mesa de um espanhol, que lhes paga um macarrão à bolonhesa. O prato não dura dez minutos e o trio não troca uma palavra, apesar da tensão econômico-sexual no ar. Fico imaginando se, em Copacabana é sempre assim. Se por aquelas bandas não existirá nenhuma mulher sem pecado.

Mas, se soubesse o que iria acontecer em Curitiba dias depois, ih, Nelson Rodrigues preferiria trazer uma máquina de escrever a um cachecol.

Descrevo o que aconteceu em um restaurante familiar ali da Augusto Stellfeld. Um casal de meia idade balança os corpos encostados no balcão. Ela tem uma impulsividade marcante. Ele, um olhar fugidio. As vozes se interpõem. Ela ri e chora, e aí ele grita baixo no ouvido dela, que tenta por sua vez beijá-lo no pescoço. A mão da mulher avança pela cintura do homem, que ignora o tempo que está de pé, segurando a jaqueta bege que tirou quando foi ao banheiro – foi na ausência dele que ela bebeu duas doses de algo forte para tentar encontrar a calma. Agora ela chora e ri. Mais ri do que chora. É o amor e suas intermitências.

Acaba o primeiro tempo do jogo que passa na tevê, o time da casa perde e eles não estão nem aí. É como se, de repente, a mulher que amou demais encontrasse o homem proibido. Ouvem-se palavras fortes, perdigotos voam, e logo há uma antagônica troca de afetos. Empurrões são intercalados com beijos longos e angulosos.

41

Agora os dois olham para frente com as pernas a balançar no banquinho alto. Como crianças quando estão de mal. Ele beija o ombro dela, que resiste e olha para o lado. Grita, ela, algo incompreensível. Ele coloca o cachecol na cintura, sem jeito. Faz isso para tentar contornar a situação e desviar os olhares de quase todos ali, ansiosos pelo desfecho daquela desgraçada Valsa n.º 6.

Ele a abraça forte. O banco em que ela está faz barulho. Ela chora. "Sai daqui." Ele tenta beijá-la de novo, ela resiste por duas vezes. Enfim, acontece. E parece o primeiro beijo de um jovem casal: é tenso e apurado. Acabam dançando ao som de jazz, rostinhos colados, lágrimas ainda escorrendo. Salve, Nelson. Algumas coisas continuam iguais.

DAS TROCAS

A música é um canal de distribuição afetuoso de mensagens potencialmente transformadoras. O sotaque de Wagner Moura é seu também, não se faça. Uma Banda Bonita incomoda

muita gente. Quando o mundo dá umas voltas estranhas e parece ir para um lugar em que não gostaríamos de estar – e os livros mais vendidos deste mundo são os que não têm palavras –, precisamos aprender a acreditar que a necessidade de fugir pode ser um excelente tema para a literatura. Já passamos por quebra-paus homéricos quando o assunto é "a cena local".

–A morte do Kurt é muito mais importante que toda a porra da carreira do Foo Fighters.

[24/02/2015] [22h00]
Kurt Cobain, 48

–Às vezes você parece o Kurt.

– Que Kurt?

– Kurt Cobain, pô. Do Nirvana. Faria 48 anos na última sexta.

– Por que pareço o Kurt?

– Porque você é honesto, sei lá.

– O Kurt era honesto?

– O maior deles. Meu, ele nunca tentou, tipo, esconder quem era, saca. Jamais fugiu do mundo ou perdeu a noção completamente como esses loucos de hoje em dia aí, que entram no Legislativo de camburão, pedem impeachment como se fosse um copo d'água e transmitem HIV de propósito. Kurt não se sujeitou a nada que não queria enquanto esteve vivo. Lembra o *making of* do *MTV Unplugged* que vimos aquele dia?

– Não.

– Durante "Pennyroyal Tea", ele olha meio torto pro guitarrista convidado...

– ... o Pat.

– É. Na verdade, veja lá, tem no YouTube, ele ensaia com o cara, vê que a coisa fica lastimável e decide tocar a música sozinho no show, quando é pra valer. E não avisa ninguém.

— Então Kurt foi um baita dum cuzão.

— Não, pô. Ele poderia ter ficado quieto, de boa. Aceitar a diminuição de sua arte por alguém que não conseguiu se conectar a ela. Isso se fosse bunda mole como a gente é. Mas Kurt era, tipo, um eterno tsunami de presença de espírito, uma utopia ambulante em busca da perfeição artística autoral, por mais que, de certa forma, tivesse asco pelo caminho que teve de trilhar para chegar até ela.

— Cara, ele se matou.

— Mas até isso faz sentido. Kurt Cobain foi alguém indobrável.

— Palavra bonita.

— Sério. Fez todas as coisas que quis, até o fim, até o fim mesmo. Sua morte é coerente.

— Foi um fim terrível.

— A morte não é terrível quando a vida é uma bosta.

— Ele falou isso?

— Não, pensei agora. Além do mais, sua existência foi sinônimo de ironia. Ele sempre teve desprezo pela fama, algo que é paradoxal se pensarmos na carreira do Nirvana. No fundo, no fundo, ele era um artista sensível pra cacete e não suportou a profundidade esmagadora de sua própria criação, mesmo que fosse libertária em algum sentido.

— Meu, que viagem. Acho tudo isso muito complicado. Sei lá, até gosto de *Nevermind*, mas acho que é por isso que prefiro o Foo Fighters.

— Serião?

— Sim.

— Uma banda conformada com sua mediocridade, um expurgo do rock, um Jota Quest enguitarrado?

— Acho eles divertidos. E o Dave Grohl deve ser gente fina.

— Deve mesmo. Mas a morte do Kurt é muito mais importante que toda a porra da carreira do Foo Fighters.

— Ah, pare.

— Tô falando. Dane-se se ele estourou os miolos com uma espingarda. O cara foi verdadeiro até o fim e não temeu nenhuma consequência.

— Isso pra você é honestidade?

— Sim. Ser fiel com você mesmo, ainda que o resultado seja catastrófico.

— E morrer? Isso é ser burro.

– Céus, não dá mesmo pra discutir contigo.

– Só estou sendo honesto, hehe...

– Cervejinha?

– Bora.

[14/08/2015] [17h43]
Melhor que Plasil

Por que gostamos tanto de um escritor? Por que diabos estabelecemos relações incompreensíveis com quem escreve o que descobrimos que precisamos ler?

Se a leitura é uma cerimônia transcendental, mas solitária, o que explicaria a propensão em pensar na vida, ou no que fazer dela, quando chispas de ventura surgem em formas de frases estonteantes ou personagens que correm o risco de virar um amigo imaginário tardio?

Um de meus recentes escribas favoritos é Valter Hugo Mãe. O portuga esteve no Brasil novamente na última semana. Participou de eventos em Porto Alegre e no Rio de Janeiro. vhm fala como se editasse o que diz em tempo real - é de dar raiva. E saiu-se com essa numa entrevista: "Gosto de ver, recolher e, de alguma forma, juntar em casa. Preciso dessa sensação de recolhimento. Por isso meus livros ponderam muito a solidão, o abandono e, inclusive, a necessidade de fugir".

Se a literatura também é uma forma de compreender a realidade em que nos encontramos, a sensação de recolhimento e a necessidade de fugir são essencialmente antitemas. Têm potencial para fracassos retumbantes de crítica e principalmente de público. Porque nossa realidade preza pela extravagância, não pelo reservado.

Mas por que vhm vende, é lido, ouvido, debatido? Um chute: escolheu a contramão.

Em um texto sobre sua predileção por Roberto Bolaño, autor de "2666", o escritor mexicano Juan Pablo Villalobos ("Festa no Covil") diz que descobriu que gosta tanto do chileno porque "precisamos aprender a acreditar." É mais ou menos isso.

Quando o mundo dá umas voltas estranhas e parece ir para um lugar em que não gostaríamos de estar – e os livros mais vendidos deste mundo são os que não têm palavras –, precisamos aprender a acreditar que a necessidade de fugir pode ser um excelente tema para a literatura, mais do que uma opção de vida (vhm vive numa cidadezinha chamada Vila do Conde, a três horas de Lisboa).

Ainda Villalobos: "Li 'Os Detetives Selvagens' [ainda Bolaño] em três dias. Durante esses dias só tive três atividades: comer pizza (lendo), ir ao banheiro (lendo) e dormir um pouco (sonhando que lia)".

É a leitura se aproximando da necessidade fisiológica, da obsessão. Foi assim com Valter.

Seu "o filho de mil homens" (ele escreve sempre em letras miúdas) me fez ignorar o enjoo que sinto quando viajo de ônibus e tento ler. Quase vomitei, mas não desgrudei de Crisóstomo naquelas seis horas de estrada.

vhm sobrevoa o mundo num balão silencioso, dele observa o que ainda nos faz humanos e nos lembra disso em seus livros: "a solidão é sobretudo a incapacidade de ver qualquer pessoa como nos pertencendo, para que nos pertença de verdade e se gere um cuidado mútuo", escreve ele no mesmo livro, me lembro agorinha. Melhor que Plasil.

[21/09/2015] [18h18]
B Negão e os Seletores de Patinho

"Fora, Dilma!", berravam uns tantos antes da apresentação de Queen + Adam Lambert no Rock in Rio, na última sexta-feira. Aliás, coitado do Freddie. Pelo que vi da tevê, falta feijão ao moço saído do American Idol, que até canta direito, mas acha que uma performance pode se resolver no visual e nas reboladinhas.

"Fora, Beto Richa!", gritavam uns tantos durante a apresentação de BNegão & Os Seletores de Frequência na Rua XV, em Curitiba, na tarde-noite do último sábado. O carioca citou os professores do Paraná, atacados pelo governo do estado no dia 29 de abril.

O Rock in Rio contava com apenas dois tipos de ingressos: R$ 350 (inteira) e R$ 175 (meia-entrada). Vendeu tudo. Cem mil bilhetes foram comercializados antes mesmo do anúncio das atrações principais – o primeiro dia também teve show de The Script (emo brega com influência celta desfigurada, um troço horrososo) e One Republic (Coldplay com dose extra de Rivotril, imagine). Se você estava em casa na sexta à noite, também teve a chance de ver Dinho Ouro Preto fazendo cara de mau e os peitos caídos da Mart'nália. Rock? In Rio?

Cinco mil pessoas, de acordo com as contas da prefeitura, assistiram ao show de BNegão & Os Seletores de Frequência sem pagar um tostão. Era outro capítulo do projeto "Cultura na Rua", um dos mais bacanas desta gestão da Fundação Cultural de Curitiba. O som estava ruim. Num certo momento se ouvia somente o baixo de Fábio Kalunga; em outro, a coisa transformou-se numa maçaroca completa. Mas é BNegão.

O rapper tocou seu último disco na íntegra – funk, surf rock, hip hop e samba -- e fez um bis bem grande, em que cantou "O Mundo (Panela de Pressão)", "Sintoniza Lá" e "A Verdadeira Dança do Patinho", já um pequeno hino, que se apropriou da ironia vigente para detonar o que acontece de absurdo. "Você que acredita no ouro nacional/ Chegou a sua hora isso é fenomenal/Você que acredita no que falam na tevê/Dá seu dinheiro pro pastor pra fazer sua fé valer."

A música é importante também porque serve como canal de distribuição afetuoso de mensagens potencialmente transformadoras. Nos identificamos verdadeiramente com alguns artistas não só pelo que fazem no palco, mas pelo que pensam fora dele.

Se quem foi ao Rock in Rio não estava nem aí para as bandas, imagine com a notícia de que o evento abriu mão dos R\$ 12 milhões que esperava captar através da Lei Rouanet. Isso para poder aumentar o valor dos bilhetes de R\$ 260 para R\$ 350 sem precisar se explicar para o governo.

No Brasil, o rock se divorciou da política. Em tempos efêmeros, há somente vômitos de descontentamento pessoal, repetidos do palco à plateia e vice-versa. Mesmo assim, uns fazem muito mais sentido que outros. Né, patinho?

[07/09/2015] [19h57]
O sotaque de Wagner Moura é seu também

"Não importa se é só até ali na esquina. Pegue um táxi, não vá a pé nunca", avisou uma senhora colombiana em Bogotá em uma noite fria de 2013. A cidade imensa fica no meio de duas montanhas. Elas servem como orientação natural e ordenam os números das avenidas. Mas são montanhas. E por isso faz muito frio pela manhã e à tardinha. Duas quadras separavam o lugar onde estava do lugar em que precisava estar. Mais problemas: táxi seguro, só aquele que se pede pelo telefone. O aviso era geral e constante. "Não embarque na rua, você pode ser sequestrado ou roubado." Estava na Candelaria, centro histórico da capital da Colômbia, país que tenta deixar para trás a fama de perigoso incentivando o turismo e exportando simpatia.

Imagine como era há 20 anos. É este o clima da série "Narcos", da Netflix. No fim de semana em que estreou, cometi o que se chama de *bindgewatching* – assistir a tudo de uma vez só. Porque é viciante. Intercala trechos documentais a uma história extraordinária narrada com engenhosa agilidade. Há explosões, tiros e bastante violência (é José Padilha, né), embora o fio condutor dos dez episódios seja, na verdade, a exposição da fragilidade política do país de Pablo Escobar e de nossa ignorância sobre o que acontece na esquina do continente.

A série é narrada por um agente da DEA, divisão antinarcóticos dos Estados Unidos. É uma visão exótica, portanto. Impressionista. E é impressionante a influência que os agentes ianques têm nas decisões políticas da Colômbia – o nome do candidato à presidência, por exemplo. Por que diabos eles se metiam tanto com a crise interna de um país sul-americano?

Lá pelo episódio oito, o vice-secretário de justiça do futuro presidente do país informa que o maior consumo de cocaína, o produto de Escobar, é coisa dos Estados Unidos. "Que tal se vocês resolvessem isso primeiro?", cutuca.

Também em 2013, num passeio de bicicleta por Bogotá, o guia nos avisou, como se diz que alguém precisa amarrar os cadarços, que um tanque de guerra disparou mísseis contra o Palácio de Justiça. Era Escobar em ação – e também o alimento para o surrealismo de Gabo. Parte destas cenas (aconteceu no início dos anos 1990) é recuperada pela série. Assim, sem querer, "Narcos" expõe as consequências-limite da atualíssima "guerra contra o tráfico", muleta para tapar o sol com a peneira quando o caminho mais coerente (e bem menos violento) envolve estratégias para a descriminalização.

Em muitas mesas de bar a conversa sobre a série engatou no sotaque de Wagner Moura. O espanhol do baiano é duro, sem a musicalidade verbal característica daquelas paragens. Não é nada *chevere*, como se diz por lá. Mas o que queríamos? Somos uma ilha portuguesa com os ouvidos tampados para os países que falam a língua de Sancho Pança. Nas aulinhas de idiomas, o inglês vem sempre primeiro, *cabrón*.

[17/07/2015] [17h41]
Sucesso ou submissão?

Três novos discos de bandas curitibanas estão ou estarão aí, prontos para o consumo ou apreciação. A Gentileza saiu do limbo com "Nem Vamos Tocar Nesse Assunto", álbum lançado seis anos depois do primeiro registro. A Esperanza, semana passada, divulgou "Z", terceiro trabalho da carreira. E a Lemoskine prepara, para o próximo dia 20, "Pangea I, Palace II", sucessor de "Toda a Casa Crua".

É um revival não planejado de uma minicena então alternativa, já que as bandas têm várias intersecções entre si. São quase contemporâneas, têm ou tiveram projetos paralelos, dividiram o palco e cachês mirrados um punhado de vezes e tal. Aí o tempo vem para esclarecer as coisas.

A Banda Gentileza lidou com a saída de alguns integrantes e com a troca de outros. Isso é parte da explicação para a retidão do novo disco, que deixou de lado pirotecnias rítmicas para focar, seja na mensagem geral de cafajestismo controlado ou no arroz e feijão musical – que não é demérito por esses dias de autotunes.

No disco, Heitor Humberto canta como se estivesse no palco. Quer dizer: à vontade, sem muitas preocupações a não ser acertar a métrica, a rima e a ironia. Duas músicas (a primeira e a última) surpreendem porque são inesperadas na carreira de uma banda cujo cartão de visitas era o ecletismo musical deliberado, a forma sobre o conteúdo. A primeira fala sobre a "cena" e seus quetais (sinal de que se importam [ou não]) e a outra reproduz o encontro de dois velhinhos no paraíso. Um deles, a avó do vocalista. Oferece inquietude e é sincero.

Dei algumas orelhadas no disco da banda de Rodrigo Lemos. Há uma linha narrativa contemporânea facilmente identificável, a começar pela capa – uma espécie de galáxia fluída lisergicamente colorida. Deve ter relação com o momento de vida de Lemos, sobre, como canta, o nosso lugar no mundo e a capacidade que temos em mudá-lo. Para além de debates estéticos, é uma criação original, que em sua essência não pode ser ignorada porque é única. Nada existia dessa forma antes. Ou ao menos não assim, cheio de grooves.

Este é exatamente o oposto do caminho tomado pela banda Esperanza, ex-Sabonetes. Formada por músicos de primeira, gente que têm referência e sabe o que faz quando canta ou toca, a banda apelou para, como a matéria deste **Caderno G** disse na última quarta-feira, um pop "alienado".

É como se tivessem saído de uma ilha que só ouve cover de Jota Quest. São músicas em banho-maria, sem causa e efeito – nem os haters apareceram para detratar a crítica. É uma escolha arquitetada tentar arrebanhar um público jovem que quer ouvir música (bem executada, diga-se) como acessório. Mas a que custo?

Para alcançar a meta da estratégia, vale a pena ser quem não é? É melhor ouvir a voz própria, sempre original, ou os ruídos do mercado? Se Gentileza e Lemoskine vivem da independência, a Esperanza é um grupo da gigante Sony Music. "Enfim uma banda de Curitiba que deu certo!", ralhariam por aí. Isso é mesmo dar certo?

[03/07/2015] [18h23]
Faichecleres quem?

Se antes nasciam, morriam e embrulhavam peixe, matérias de jornal agora vivem a eternidade virtual, ressuscitam sem aviso e nos põe em suspensão no tempo.

Em setembro de 2013, uma história publicada na **Gazeta** apontava o desconhecimento público sobre o estado do Paraná e sua cultura. Como uma fênix selada por Emiliano Perneta, há poucos dias ela assomou as redes sociais, ganhou novos comentários, teses, rendeu e-mails e tal e coisa.

Parece que a culpa do efeito borboleta retroativo é do poeta e tradutor Ivan Justen Santana. "Já foram seis compartilhamentos aqui, os quais por sua vez geraram mais quatro compartilhamentos, que por sua vez...".

O fato é que, naturalmente, nos interessamos pelo que é nosso. Mesmo quando a notícia é velha ou mexe com brios e egos alheios. No meio da semana, o zumzumzum paranista foi por causa da banda Faichecleres, símbolo do rock impudico local do início da década passada.

Tratamos do assunto: o trio volta hoje aos palcos (Espaço Cult, 22 horas) para relembrar as músicas não menos despudoradas do disco "Indecente, Imoral & Sem Vergonha", de 2005. Os comentários não demoraram: "Feichequem!! Uma das piores bandas que já passaram por Curitiba e vocês querendo ressuscitar [sic]", escreveu Luciano. "Esse cenário musical de Curitiba é uma piada! Além de nada despontar por aqui temos que ficar ouvindo 'a volta dos que nunca foram!!'", asseverou Daniel.

A Faichecleres era mais conhecida pelo folclore que envolvia seus integrantes, levado ao palco com fidelidade, do que propriamente pela relevância da música que compunham. Mas a banda foi representante fiel de uma época, e meio que a ponta-de-lança de toda uma onda.

No começo dos anos 2000, a Trajano Reis ganhava fama, os bares ao redor abriam suas portas para outros grupos locais que divulgavam seu rock cru e retrô no extinto Myspace. Tudo isso foi importante.

Já passamos por quebra-paus homéricos quando o assunto é "a cena local". Falar ou não falar? Criticar ou silenciar? A capa do **Caderno G**, aliás, virou tema de música da banda Lívia e os Piá de Prédio, comprovando, ainda que com ironia, a importância da atenção de jornalistas para o que é produzido por aqui – falem mal, mas falem de mim.

É conhecido o bairrismo do Rio Grande do Sul, que às vezes faz com que o adjetivo "gaúcho" seja preponderante para definir o que é ou não notícia.

A coisa é tão escancarada que ganhou até um jornal satírico próprio, "O Bairrista", onde se lê "Pesquisa revela que pau de selfie dos Gaúchos é maior que dos brasileiros" [sic].

Por motivos que passam pela idade do estado e pela falta de identidade cultural, não somos bons em bairrismos.

Apesar dos chineques e dos pinhões, caminhamos (e produzimos) na escuridão: segundo a matéria ressuscitada há alguns dias, 43,7% das pessoas entrevistadas não sabem em que região do país fica o Paraná; e 49,6% não têm ideia de que a capital é Curitiba.

Por isso, a resposta para o quiprocó umbilical talvez seja simples. Se não falarmos sobre a Faichecleres e outras bandas que nasceram entre petit-pavé e araucárias, quem é que vai?

[15/08/2014] [21h05]
Mrs. Doubtfire e nós

Quando era criança e os embalos de sábado à noite ainda eram só um mistério, havia um programa costumeiro lá em casa: assistir ao Supercine. Apertávamo-nos no sofá quadriculado. E a cumbuca com Fritopan passava pra lá e pra cá. Era um momento redentor porque ele era raro. Acordávamos cedo, todos. Aquela reunião de família ocasional era uma chance de dormir depois da meia-noite. Uma pequena rebeldia.

Fazia muito frio em um daqueles sábados. E foi numa Sharp de tubo que assistimos a todas as cinco "partes" de Uma Babá Quase Perfeita (1993), em que Robin Williams, para tentar se reaproximar da ex-esposa e dos filhos pequenos, se veste de mulher e arranja um emprego na casa de sua "ex-família". O nome original do filme é Mrs. Doubtfire, também a alcunha do/da protagonista, uma senhora irresistivelmente encantadora e algo atrapalhada.

Não foi o melhor papel de Robin Williams. Em Gênio Indomável (1997), ele levou o Oscar de ator coadjuvante. No semibiográfico Patch Adams: o Amor É Contagioso (1998), foi irrepreensível no papel do médico que resolveu se aprofundar nas coisas do coração. Mas Williams de saias, na pele da cativante senhorinha, ganha ainda mais profundidade agora, depois do suicídio do ator.

Mrs. Doubtfire é uma ótima metáfora. Para conseguir ficar perto de quem ama, ela tinha de se reinventar todos os dias. Robin Williams também. Dependente químico, alcoólatra em tratamento e em crise depressiva, o ator viveu para criar personagens. Como se assim diminuísse a distância que sentia. Não só da família, como a simpática Mrs. Doubtfire. Mas da vida.

Como Fausto Fanti, que se suicidou há pouco mais de duas semanas, o ator representava a figura paradoxal do palhaço triste. Uma enganação natural e bem-vinda – precisamos rir, pois. Mas que por vezes acaba por neblinar a verdadeira personalidade destes homens complexos, que de repente esquecem que choraremos ainda mais justamente porque passamos a vida a rir de suas peripécias, entendidas agora como reinvenções da existência.

No filme A Sociedade dos Poetas Mortos (1989), o professor de literatura interpretado por Robin Williams diz assim: "Nós não lemos e escrevemos poesia só porque é bonito. Nós lemos e escrevemos poesia porque fazemos parte da raça humana. E a raça humana é cheia de paixão." Robin Williams sucumbiu à sua própria humanidade. Que mundo estranho esse, em que pessoas que fazem rir não conseguem mais sobreviver.

É preciso falar

Nos Estados Unidos, em 2010, 33.687 pessoas morreram devido a acidentes automobilísticos. Casos de suicídios reportados foram 38.364, de acordo com o Centro de Controle e Prevenções de Doenças do país. Ignorar o suicídio mostra-se cada vez mais uma falta de responsabilidade do que de respeito. Essa cegueira arranjada só faz mal às tantas Mrs. Doubtfires que encontramos pelo caminho.

[18/07/2014] [21h05]
O portuga é pop

Pois estava lá, no Facebook de Valter Hugo Mãe, para toda a gente ver: "o avião que terá sido abatido. a morte de joão ubaldo ribeiro. o engavetado cesariny. este dia do mundo é uma porcaria." Quatro frases curtas, uma conclusão. E algo a mais. Se por esses dias se medem os louros virtuais, até o início da tarde de ontem eles eram 26 compartilhamentos, 455 likes e 28 comentários elogiosos. Tá podendo, o escritor português, convidado maior do festival Litercultura deste ano.

O carequinha fará uma conferência na Capela Santa Maria, em Curitiba, no dia 7 de agosto. Qual tíquete para final de Copa, os 278 ingressos para o evento esgotaram-se em um dia e meio, fenômeno que fez brotar exclamações na testa dos que conhecem o gajo – "não sabia que você gostava dele também!" – e interrogações na boca de quem está boiando no assunto. "Afinal, oras bolas, quem é esse Valter Hugo Mãe?"

Uma pista para compreender o pequeno furacão luso, que divulga A Desumanização, seu mais novo romance, é lembrar-se do título de sua palestra aqui em Curitiba: "Simplesmente Humano". Hugo Mãe – seu sobrenome é Lemos, mas o "Mãe" é de uma estranheza gostosa – é, antes de qualquer coisa, um escritor-espião, que investiga as sensações mais puras do ser humano e lhes dá, ao ignorar suas características ordinárias, uma dimensão tão exata quanto metafísica.

Exemplo disso está em seu livro O filho de mil homens (2011), em que uma frase, daquelas de se anotar no papelzinho, clama por eternidade: "Quando se perde a mãe, se perde uma vez e continua-se a perder por toda a vida."

Valter causou rebuliço na literatura portuguesa com o remorso de baltazar serapião (2007), livro vencedor do Prêmio José Saramago de Literatura. O próprio mestre alertou sobre o que estava por vir: "Por vezes, tive a sensação de assistir a um novo parto da língua portuguesa", disse Saramago.

No Brasil, seus livros são publicados pela Cosac Naify, em edições elegantes e com capas bagunçadamente coloridas, algo que até faz sentido em se tratando de Valter. Por aqui, uma obra comentada de fio a pavio é o magistral a máquina de fazer espanhóis. No engenhoso livro, um senhor no fim da vida se vê num asilo, onde conhece o próprio Esteves, o "homem sem metafísica" do poema "Tabacaria", de Fernando Pessoa. É fixe.

De sangue angolano, Valter Hugo Mãe já viajou além-mar algumas vezes. Na última, participou do programa Roda Viva, e causou novamente boa inveja por lançar ao mundo frases desnorteantes, de tão puras, como "a felicidade é a aceitação do que se é e se pode ser."

Valter também é artista plástico, editor (toca a Quase edições), apresentador de tevê, cantor da banda Governo e, veja você, fã de Ramones. Demasiadamente humano.

[25/04/2014] [21h05]
Sonhos e memórias

Dia desses, o Rafael, colega de bancada, disse que ouviu o último disco de Erasmo Carlos no Rdio, serviço de música on-line e espécie de jukebox dos tempos modernos. Achei graça. Diferente de seu amigo mais romântico e quase ex-vegetariano, o Tremendão, hoje aos 72 anos, sempre soube se atualizar. Em tudo, principalmente na música. O Rdio disponibilizou o álbum de Erasmo algumas semanas antes do lançamento em CD, objeto-limbo que nunca chegou perto do charme substancial do vinil e, hoje, passa longe da praticidade das músicas a um clique.

Rebobina: Erasmo tem um LP espetacular chamado Sonhos e Memórias, lançado em 1972 pela Polydor. Lá estão músicas irretocáveis como "Largo da Segunda-Feira", "Sorriso Dela" e "Sábado Morto". Na capa do álbum – que hoje aparece pequenina no meu iPod – há fotos de Elvis, Jimi Hendrix, John Lennon, além de um violão surrado, um símbolo anarquista, borboletas e uma tevê setentista. Tudo em uma aleatoriedade de cores que, se não é propriamente um exemplo estético, é memorável à sua maneira. O contexto do LP, sua alma, reside também aí, o que é algo inalcançável para quem ouve Tremendão no compact disc ou no Rdio

O disco – LP ou CD – extrai apenas uma parcela das diversas sensações e acontecimentos que se passam no estúdio de gravação. Por isso ele é naturalmente limitado. A forma mais prática de recuperar esses sentimentos é dar vida à arte que o acompanha. O problema é que, do ponto de vista gráfico, capas e encartes de CDs não passam, na maioria dos casos, de capas e encartes de LPs reduzidos. Porque existe um comparativo consagrado – a arte do LP –, sua versão minimizada não encanta. Quando ousam, em edições especiais ou relançamentos, os encartes se assemelham mais a livros do que a qualquer outra coisa. E, pelo mesmo motivo, também saem perdendo.

Mas a princípio está tudo muito bem. Porque em uma sociedade extremamente consumista, a apreciação torna-se resistência ou exotismo, sabemos – saia do sebo com um vinil do Erasmo e veja se não te olham com cara de quem está vestindo uma camisa de força. Mas, enfim, o bolachão resiste porque foi consagrado.

O CD agoniza e tenta se sustentar devido à sua organização faixa a faixa e seu preço, relativamente barato. A "nuvem" se populariza, e nela as músicas experimentam uma certa anarquia individual, em que a ordem de execução depende exclusivamente do ouvinte. Perde-se definitivamente o conceito de álbum, de narrativa musical. Tudo, enfim, se desmancha. Desculpem a chatice. É que hoje tem show do Tremendão e, por esses dias, ouvi Sonhos e Memórias em LP. Aí fiquei pensando nisso tudo.

[14/02/2014] [22h05]
O massacre da mídia elétrica

Eduardo Coutinho saiu de cena de supetão. Sua morte antinatural fez brotar por aí boas reflexões sobre a cinematografia que deixou. "Só damos valor quando perdemos", ouvimos sempre – e não nos lembramos nunca. Há uma semana, a Cinemateca de Curitiba exibiu Edifício Master (2002) e Cabra Marcado para Morrer (1964-1984) – foi engraçado reparar nas mesmas figuras em ambas as sessões. Na plateia parcialmente cheia, havia uma cordialidade invisível no ar. Um sentimento em comum, que misturava tristeza, respeito e um quê de devoção.

Na última quarta-feira, uma sessão especial de cinema na Faculdade de Artes do Paraná infringiu algumas regras por um bem maior ao exibir o raro Um Dia na Vida (2010), filme que ficou na gaveta de Coutinho – ao lados dos maços de cigarro – devido a imbróglios sobre direitos autorais. O calor na sala da Fap só fez aumentar a sensação de se assistir, quem diria, a um filme de terror.

Em outubro de 2009, Coutinho gravou por 19 horas seguidas programas e intervalos comerciais de todas as tevês abertas do Brasil. A edição final, de uma hora e 35 minutos, é uma colagem muito brasileira, que mistura violência, apelo ao corpo, ao consumo e à religiosidade. É chocante, apesar de não oferecer nada mais do que estamos acostumados (domesticados) a ver. É assim, quando um recorte do ordinário é descontextualizado e vira algo maior, que a genialidade do artista brilha.

Um Dia na Vida nos joga na cara o peso de uma realidade – sempre ela, para Coutinho – ao mesmo tempo mutilada, inatingível e manipulada. Se a tevê é produto de massa para telespectadores solitários – ligar o aparelho em casa quando se está sozinho serve como companhia –, a proposta de Coutinho subverte essa lógica ao utilizar o cinema (criação solitária) para discutir as massas.

Um relógio do lado direito da tela marca 6h50: o dia na vida, o meu, o seu, começa com o Telecurso 2000. Depois, Ana Maria Braga aparece tocando Guitar Hero como se fosse um B. B. King engessado. Risos. Uma zapeada e alguém diz que o sangue AB, raro, era o de Jesus Cristo. Um telejornal pula de um assassinato para um desfile de moda em Milão, com a naturalidade de quem diz o que comeu no almoço. Vende-se uma cinta mágica que diminui até 14 centímetros da cintura de mulheres com "pneuzinhos". "Na hora!". 18h30: num programa sensacionalista, um homem baleado, espatifado no asfalto de São Paulo, recebe massagem cardiorrespiratória. Um bebê nasce na novela brasileira, um coronel encrenca com um casal na novela mexicana mal dublada. Vendem-se anéis de ouro por R$ 2.250. À noite, Massacration toca na MTV. Vende-se um vidro com cápsulas de cálcio. Um pastor evangélico diz que Pedro é mentiroso. Outros dois oram em frente a um copo d'água e são responsáveis, graças a Deus, pelo silêncio definitivo.

Todos riram em algum momento do filme. Mas é um riso de horror, também fora de ordem. Um riso por impulso, devido a um Brasil midiaticamente bestial.

A metáfora precisa e simbólica de Coutinho é a transformação da "mulher mais feia do mundo". Depois de inúmeras e agressivas intervenções cirúrgicas, a senhora é convidada a ir ao programa da Marcia Goldsmith. Ela se olha no espelho, a plateia delira: está um monstro. Coutinho nos fez olhar no espelho. E o resultado é um filme de terror ininterrupto e onipresente.

[27/09/2013] [21h05]
A volta da Poléxia

Para os antigos fãs, os saudosistas de plantão, os ouvintes interessados e os rabugentos incorrigíveis, eis a notícia: a Poléxia está de volta, e faz show no dia 10 de novembro, um domingo, no Palco Sesc Paço da Liberdade, na Rua Riachuelo, durante a Corrente Cultural de Curitiba. O convite partiu da própria organização do evento e – não se sabe – pode ser um primeiro passo para o retorno definitivo. "Não dá para dizer que sim, nem que não", titubeia o vocalista Rodrigo Lemos, um dos fundadores da banda, hoje na linha de frente do Lemoskine e da Banda Mais Bonita da Cidade.

Quem sobe ao palco é a escalação original. Lemos na voz e guitarra, Juninho Jr. (hoje na banda Banks) na bateria, Rapha Moraes (Nuvens) no baixo e Dudu Cirino (Te Extraño) nos teclados, pulinhos e performances. Mas, como Lemos é um sujeito prodigioso em costurar amizades e parcerias, ele avisa que haverá muitos convidados, inclusive a banda Charme Chulo, parceira na música "O Triste Fim de Baltazar da Rocha". Será, enfim, um grandioso bailão da Poléxia.

Em hiato há quatro anos, um pequeno desafio é tirar a poeira de algumas músicas para que o resultado seja "menos caótico", como define Lemos. Por isso, em outubro haverá uma bateria de ensaios com a turma que fundou a banda. "A ideia é não deixar nada de fora", avisa. "Aos Garotos de Aluguel" em sua versão original promete.

Mas o que é que a Poléxia tem para ser o grupo mais importante de Curitiba na última década e suscitar tanto a expectativa por um retorno quanto um convite formal para isso? A ver.

Formada em 2002, quando emprestou o nome de uma das groupies adolescentes do filme Quase Famosos, a Poléxia logo se destacou ao criar uma música acessível, embora com interessante dose de incursões alternativas – nos idos do bar Korova, lá por 2004, Lemos era flagrado fazendo cover voz e violão de Nada Surf, James, Belle & Sebastian, Smiths e afins. A Poléxia saltava à frente de bandas contemporâneas também por causa de seu apreço pelos arranjos e produção e pela afinação inabalável de Lemos.

Em 2004, louros. A banda lançou o sensacional disco O Avesso, chegou a abrir para Los Hermanos e tocou no mesmo palco que Pixies no Curitiba Pop Festival. Em 2009, o segundo álbum, A Força do Hábito, foi produzido por John Ulhôa, do Pato Fu. Nesse período, o grupo sofreu com a instabilidade, que viria a decretar seu fim: foram três baixistas e três bateristas diferentes.

Algo interessante na apresentação de novembro, para Lemos, será tocar para quem ouve a banda, mas nunca a viu. "Tem uma galera nova que conhece o som, mas nunca chegou a ir a um show da banda. Isso é o mais maluco. Ao mesmo tempo, é ótimo que tenha sido tão legal para algumas pessoas a ponto de elas quererem ver a banda ao vivo de novo."

Por tudo isso, há um potencial danado para que o dia 10 de novembro seja histórico. Ao menos para, quem sabe, dar importância a algo que marcou a, hmm, cena local, cujo passado notável funciona como prova maior de sua questionável existência.

[05/07/2013] [21h05]
Feijuca x paella

Tenho um amigo que odeia futebol. Arrisco dizer que ele não sabe quem ganhou a Copa das Confederações. Tampouco que a seleção do Tahiti, apanhado de jogadores amadores que poderia ser o time oficial de Macondo, fez um gol na Nigéria e venceu por 1 a 6. Sua indiferença ao ludopédio é de dar raiva.

Esse mesmo amigo gosta de política e tem várias opiniões bem razoáveis sobre os motivos que fizeram o gigante acordar, mesmo na hora em que Fred deitou na grama, fazendo o primeiro gol contra a Espanha.

O que ele não sabe é que o futebol é um atalho para compreender uma sociedade, mesmo uma complexa e imprevisível como a brasileira. E uma pulsante como a espanhola.

As vitórias da Fúria nos últimos anos, depois de décadas de mediocridade e frustração, foram interpretadas como o reconhecimento simbólico da pujança econômica do país. O pano de fundo era a organização e a fluidez de uma partida do Barcelona ou da seleção. Em 2012, entretanto, a busca pelo bi da Eurocopa aconteceu em meio à crise generalizada, deflagrada um ano antes com o movimento conhecido como 15 M – em maio de 2011, multidões ocuparam os espaços públicos das cidades espanholas, exigindo reforma estrutural das instituições democráticas. Exceto pelo timing e pela origem do despertar (bancarrota do Estado lá, insatisfação generalizada aqui), o Brasil foi a Espanha de 2012 na Copa das Confederações 2013. A diferença foi a forma como o que acontecia do lado de fora influenciou quem calçou as chuteiras.

Nenhuma seleção fica imune à temporalidade das crises. Ainda na fase de classificação, La Roja jogou uma partida horrenda contra a Croácia. Como no Brasil, não se trata de ganhar. É preciso encantar. E essa mais-valia estética, nessas horas, é a única coisa capaz de reerguer um país em depressão. Por aqui, em boas partidas como há muito não se via, o Brasil enxotou seus adversários. Em tempos de contenção e cortes, como viveu a Espanha, o estilo será mesquinho mesmo, sem brilho. Por outro lado, com a possibilidade de um novo momento político, com o inflamar de um povo, até Jô vira craque.

Mais: Vicente Del Bosque, o técnico da Espanha, queixou-se quando seu time avançou para as quartas. "Fomos os únicos que não nos abraçamos", lamentou o bigodudo. No Brasil, a 2.ª família Scolari comungou com a torcida que, como num ritual sagrado ("há no futebol o que nos é negado na realidade") cantou o hino a plenos pulmões, assustando adversários e resumindo o que acontecia lá fora.

O êxito nas Copas foi uma coincidência. A Espanha goleou a Itália na final, mas ganhou o título jogando sem emoção. Foi recebida melancolicamente em Madrid, porque a derrota maior já havia acontecido quando o desemprego bateu 25%. O Brasil engoliu a melhor seleção do mundo com energia comparada ao que acontecia nas ruas – também houve vitórias no Congresso, com votações às pressas.

Nunca se sabe o que é a História quando se está diante dela, assim como diante do amor e talvez da morte. Mas da próxima vez em que meu amigo perguntar sobre o que acho do país, vou dizer: rapaz, vá ver um jogo da seleção.

[17/05/2013] [21h05]
Pequenos bares, grandes memórias

Há um par de semanas estive em São Paulo para ver Stephen Malkmus, cérebro e fígado do Pavement, uma das bandas mais importantes dos suculentos anos 90. O show foi no Beco, bar comprido e escuro na meretrícia Rua Augusta. Exceto por duas jovens que pensavam estar em uma náite na baladinha, lá só havia fãs e admiradores do sujeito.

Relativamente pequeno, o lugar estava cheio de pessoas interessadas. Era tudo fácil e próximo – foi possível ver que as costeletas de Malkmus estão grisalhas, e notar que ele costuma mexer o dedão do pé no meio das músicas.

A lenga-lenga é para dizer que shows pequenos ou médios – que parecem estar na moda – são quase sempre mais bem-vindos que megaespetáculos recheados de suntuosidade matreira. Em lugares menores não há espaço para invencionices ou truques. Cabe à música ou à obra dar conta de tudo. Há também um entusiasmo contagiante, uma camaradagem natural, por saber que a maioria ali divide a mesma expectativa que você. E as questões técnicas: um lugar modesto, mas com boa acústica, permite ouvir até o pigarro de quem canta. Diferente de um megashow, quando nuances sonoras se perdem no bafafá da multidão.

Outro ponto favorável aos "showzinhos" é a história. No Beco das Garrafas, útero da bossa nova no Rio, cabiam 40 almas. Em São Paulo, pequenos e fundamentais recintos, como Jogral e Espaço Off, ajudaram a catapultar artistas incontestáveis. O Ap 80 também teve sua glória e, hoje, a Casa do Mancha e a Casa do Núcleo dão conta do recado. Lá fora, nem se fala. Nos Estados Unidos, a história do jazz passa por lugares místicos e "não grandes" como Birdland e Village. Em Londres, Ronnie Scott e o Vortex cumprem esse papel.

Cá nas araucárias, antigos bares como o labiríntico Pandora ou o aromático Salim fizeram história e ajudaram a catapultar algumas bandas. O Korova talvez seja o exemplo mais bem-acabado: na varandinha, músicos, público e Cláudio Pimentel, o próprio dono, compartilhavam conversas, cervejas e amendoins de pimenta. A Casinha, de João Felix e Bernardo Bravo, também deixou órfãos quando "pausou". Hoje, a Toca do Coelho é uma opção mais rock. O Bardo Tatára continua sendo paz & amor. E a casa de alguns mestres, como Octávio Camargo, uma grande sala de aula.

Grandes cidades que mantêm uma vida cultural intensa invariavelmente contam com pequenos espaços de cultura. São eles que mantêm a criação local ativa, que propiciam os encontros informais, as *jams sessions* da vida. Ao mesmo tempo, isso dá uma lubrificada na troca de ideias, tão *démodé* por esses tempos.

Ninguém é maluco em dizer que grandes festivais de música não são eventos sensacionais. A apresentação extraterrena do Radiohead em 2005, no Just a Fest, em São Paulo, para 30 mil pessoas, foi inesquecível. Mas era uma situação especial. Seria dessa forma se fossem 200 mil. No Brasil, festivais musicais vivem um momento de reestudo, quase de recessão. Chance para que apresentações menos badaladas, que não são capazes de atrair uma multidão, se diluam em shows mais amigáveis. Desses em que se vê o dedão do pé de quem está no palco, também se divertindo.

[22/02/2013] [21h03]
Strokes e um mundo de margarina

A música "Someday", dos Strokes, é trilha da propaganda de uma companhia de telefones celulares, em exibição por aí. A faixa é o terceiro single do disco Is This It, de 2001. Diversas campanhas e propagandas da tevê brasileira já ecoaram músicas emblemáticas. Muitas delas pertencentes a outro tempo, diferente do de hoje, quando as faixas funcionam como música de fundo e, paralelamente, são mais insinuantes do que o próprio produto para o qual estão "trabalhando." Estas músicas estão lá pela mesma razão: atravessaram gerações e têm o poder de se conectar facilmente com seus ouvintes, principalmente com os de primeira viagem. É o consumidor, exposto devido à sua relação íntima com a música, para o que quer se vender: seja um carro ou um pote de margarina – lembram de "Oh Happy Day?" Não é novidade, mas a estratégia é um pouco assustadora.

Nos últimos cinquenta anos, uma nova visão de relacionamento entre marca e consumo mudou algumas coisas. O objetivo agora não é reverenciar o produto, mas seduzir o consumidor. Tem gente batuta pensando sobre essa relação silenciosa, que acaba por confundir ética e estética. Ou gosto pessoal com a fatura do cartão de crédito.

Um deles é Giles Lipovetski, que gosta de profanar o termo hipermodernidade. Para o filósofo, que como bom francês bufa muito quando fala, tudo é demasiado. Os excessos e as carências, a competição e a oferta. Então, o ataque a quem está do outro lado do mercado é naturalmente mais violento. Pega pelo estômago, como se diz. E agora também pelos ouvidos.

E aí surge um problemão. Apesar da massificação de tudo e em todos, queremos sim exclusividade: a sala vip da rodoviária, a primeira classe do avião, a cerveja de edição limitada, a chuteira do Neymar. Uma vida sem concorrentes, enfim. E talvez não haja nada de errado nisso, além de um gigantesco paradoxo. E, na cola dele, a depressão e outros distúrbios de ansiedade já identificados como as doenças deste século – ufa, não é a virose.

Na onda do croissant vem o pirogue. Como um trovador moderno, o polonês Zygmunt Bauman dedicou boa parte dos seus 88 anos de vida a tentar entender a evolução (ou não) do relacionamento humano – inclua aí a amizade, os amores e desamores. Ele usa o termo "líquido" para muita coisa, inclusive para o tempo e para as relações olho no olho.

Bauman cita namoricos. "Não se pode permitir que coisas ou pessoas sejam impedimentos ou nos obriguem a diminuir o ritmo de vida. Compromissos de tempo indeterminado ameaçam frustrar e atrapalhar as mudanças que um futuro desconhecido e imprevisível pode exigir. A esperança, ainda que falsa, é que a quantidade poderia compensar a qualidade: se cada relacionamento é frágil, então vamos ter tantos relacionamentos quanto forem possíveis," disse ele, em entrevista ao site Macroscópio – dizem que o pessoal do amor livre foi à loucura.

O polaquinho mirrado também faz um prognóstico assustador, cuja denominação passa longe do politicamente correto: o crescimento, principalmente em países em desenvolvimento, do "lixo humano", pessoas descartáveis ou refugadas, que não foram aproveitadas (e principalmente reconhecidas) em uma sociedade cada vez mais seletiva. São pessoas "não gourmet", em um mundo potencialmente excludente, de margarina. "Oh Happy Day, Oh Happy Day".

[25/01/2013] [22h05]
O efeito do som ao redor

Faria muito sentido se o premiado filme "O Som ao Redor" permanecesse eternamente na Sala VIP do Espaço Itaú. Seria como uma metarreferência irônica. Um apêndice casual e externo à obra, mas não desprovido de significado.

Mas, para alegria dos bolsos de mortais e jornalistas, o filme de Kleber Mendonça Filho migrou para a sala plebeia. A obra expõe, de forma visceral, a nova classe média da qual fazemos parte. E se deparar com ela, assim, é engraçado, perturbador e desesperançoso.

Kléber resume boa parte do Brasil em uma rua de Recife. Primeiro, o que salta aos olhos é a quantidade de grades que existe em portas e janelas daqueles prédios e casas – sufocante. Depois, a relação definida e imutável entre patrão e empregado. Parece até novela de Aguinaldo Silva. A diferença está na profundidade da abordagem, que vai da rotina de um entregador de água que também é traficante ao simbolismo de um engenho de açúcar – o filme é, enfim, um pequeno estudo sobre o ser brasileiro.

Uma das cenas mais marcantes de O Som ao Redor acontece em uma reunião de condomínio, um grande evento antropológico. O síndico está cansado e não vê a hora de acabar com aquilo, "ir para casa, tomar banho". A senhora, com um quê de nova perua, reclama da revista Veja, "que está chegando sem o plástico". É de rir, também. Mas, na reunião, é preciso resolver a pauta do dia: o porteiro, idoso e veterano, dorme em seu posto de trabalho. Há provas contra o velho dorminhoco: um garoto gravou seu sono tranquilo, provavelmente com um iPhone.

O feito do filme é tratar dessas idiossincrasias – muitas delas minhas e suas – de uma forma inteligentemente sutil. É como se o preconceito, a subjugação, e a diferença entre quem manda e quem obedece fosse um pano de fundo para toda a narrativa, que envolve também a relação de um jovem *bon vivant* com uma garota apática e a chegada de um grupo de seguranças particulares na rua em questão, mote principal do filme que está, ao mesmo tempo, expondo e dilacerando preconceitos.

Com orçamento de R$ 1,7 milhão, o primeiro longa de Kleber Mendonça Filho estreou em 13 salas de cinemas de um país que tem cerca de 2,3 mil delas. No primeiro fim de semana de exibição, atingiu a marca de 840 espectadores por sala, mais do que o blockbuster nacional De Pernas para o Ar 2 (em 718 salas com média de 718 espectadores). O filme também está entre os melhores de 2012 na lista do turrão crítico A. O. Scott, do New York Times.

Além de enterrar (um pouquinho) a ideia de que brasileiro não se interessa por filmes nacionais, o segredo do sucesso do filme parece ser algo básico: olhar para o lado, olhar ao redor. E simplesmente perceber.

[04/05/2012] [21h05]
O que é fazer sucesso em Curitiba?

Dia desses, um programa de tevê universitário – o Tela Un, da Universidade Positivo –, se propôs a discutir a música autoral curitibana. O espaço que é dado a ela hoje, e o que melhorou – ou não – em relação ao passado. Leia-se divulgação, interesse e qualidade. Em um domingo vagaroso, o assunto, que sempre dá pano pra manga, foi prolongado às redes sociais. Opinião daqui, um pitaco dali, e surgiu a pergunta encafifante: o que é, afinal, fazer sucesso em Curitiba? Seriam as terríveis idiossincrasias da cidade capazes até mesmo de relativizar o significado da palavra "sucesso"?

Na última quinta-feira, o James recebeu uma festa em homenagem ao Korova. A atração era a banda This Charming Band, do bravo Cláudio Pimentel – ex-dono do extinto e saudoso bar laranja. Alguns, inclusive eu, vão afirmar que o bar foi um sucesso. Mas deu prejuízo e encheu a cabeça do seu proprietário.

Em 2004, a também extinta banda Poléxia lançou O Avesso, um discaço. Até abriu o show do Los Hermanos em Curitiba. Muita gente cantava, e ainda canta, as músicas do álbum de trás para frente. Acabou, todos sabem. Mas foi um sucesso. Ou não?

Pergunte a quem é mais antigo: a Blindagem de Ivo Rodrigues foi a banda de maior sucesso que o Paraná já viu. Embora sua música nunca tenha ido muito longe dos pinheirais. E a Relespública, então, que gravou o Acústico MTV e fazia shows semanais lotados. Sucesso. (?)

Agora mesmo, pipoca no Facebook o show que a banda Rosie and Me faz no Teatro Paiol, no dia 12 de maio. Uma matéria diz que o grupo – eles fizeram uma turnê nos Estados Unidos recentemente – foi "elogiada internacionalmente." Sucesso, hein? Mais um: dia desses conversei com Cassim, do Cassim & Barbária. Ele voltou de Santa Catarina e contou um punhado de histórias sobre suas turnês nos Estados Unidos e Canadá. Fez shows grandes, trocou figurinhas com bandas indiscutíveis. Fez sucesso.

Mas também há aquela banda simpática que grava um disco ok e faz shows regulares, seja aqui ou em São Paulo. Há vários exemplos, certamente você irá se lembrar de algum. E se o dito sucesso for, neste caso, exatamente isso? Fazer pequenos, mas intensos shows na sua própria cidade e conseguir, enfim, reconhecimento?

Talvez, o que falte para algumas bandas da cidade inventada seja humildade, no sentido de entender e aceitar os limites de sua própria projeção. Se o sucesso possível é gravar um bom disco, que seja comemorado como tal. Se é fazer uma turnê internacional, ótimo. Se é lotar um show no Paiol, maravilhoso. Se é manter uma banda na ativa por 40 anos, melhor ainda. Todos são casos de sucesso.

Então, a pergunta não é mais como fazer sucesso, mas o que é fazer sucesso em Curitiba. Obviamente que ambição caminha junto com tudo isso e que todas as bandas que têm bom senso querem ser reconhecidas. Pelo público, pela mídia, pela crítica. Há também a questão financeira, a sobrevivência pela arte, mas esse é outro porém.

Há que se lembrar também, citando o escritor colombiano Juan Gabriel Vázquez, que, apesar da existência de moda ou correntes dominantes, o elemento mais importante dos processos de criação artística é o próprio indivíduo e suas perguntas, obsessões e dilemas. Nesse contexto, importaria menos a recepção de sua arte – e o possível sucesso almejado – do que a emissão dela naturalmente.

Por vezes falta bom senso para reconhecer que essa meta, de atingir o sucesso da forma clássica, é complexa e pode surgir de várias formas. É relativo, enfim. O reconhecimento pode vir de meia dúzia – o que não significa necessariamente sucesso como o entendemos. Mas não deixa de ser um tipo de. Tocar na rádio é outro. Tocar no Faustão é outro. Creio que racionalizar sobre essa equação, esse lugar que cada banda ocupa ou pode ocupar, é importante para que não haja frustrações futuras nem remorsos sobre o que poderia ter sido e não foi.

Um camarada, nessa mesma conversa que suscitou a discussão, disse que o curitibano vê o sucesso de maneira diferente do que um baiano ou um carioca, por exemplo. Particularidades regionais à parte, concordo. Por aqui, há quem queira ter sucesso e busque isso a todo custo. O triste é que às vezes esse mesmo artista não se dá conta de que os louros já chegaram – e que também já foram embora – justamente por conceber a ideia de sucesso da forma cristalizada e universal como a conhecemos.

[06/04/2012] [21h05]
Morte e vida Estamira

Enquanto a peça acontecia, ele ou ela respirava forte, em um ritmo intermitente. Quase bufava. Vez ou outra, cabeças na fila à frente olhavam de supetão com um ar reprovador, como se dissessem, com o fundo dos olhos enviesados, "me deixe assistir em paz e pare com esse barulho insuportável".

Na noite do último dia 3, no centro do palco do Teatro do Paiol, Dani Barros criava sozinha um mundinho paralelo, em que reinavam sacos de lixo e remédios tarja preta, uma capa de chuva amarela, algumas lágrimas, sujeira e poesia. Brilhantemente, a atriz interpretava a louca Estamira, catadora de lixo que tem uma percepção do mundo igualmente surpreendente e devastadora. A história é verdadeira. E também está encalacrada na vida real da atriz, que reconheceu na personagem encantadora parte da experiência pessoal que viveu ao lado de sua mãe, também doente mental crônica.

A essa altura, quando ficamos sabendo por causa de Estamira que o problema do mundo são os "espertos ao contrário", os "remédios que dopam a cabeça", os "trocadilhos da vida", quando ficamos sabendo que o que não é real também existe para alguém – ao menos para uma pessoa que tenha cogitado essa possibilidade, pois de ninguém se tolhe o desejo de sonhar –, a respiração dele ou dela, na fila F, no fundo do Teatro do Paiol, já era incessantemente rápida e ainda mais ruidosa.

Depressiva e desencantada, Estamira falava, nesse momento, que a única solução para tudo era o fogo e a morte. Que religião nenhuma, que vontade alguma era maior do que a lei natural das coisas. A "reencarnação", disse Estamira, com voz de garoa.

Fazia muito calor no Paiol quando o esbaforir que vinha da fila F cessou e deu lugar a uma agitação incompreensível, já que Estamira continuava sua pregação e o resto do teatro permanecia em silêncio. Aí se ouviu um "ai meu Deus". Um silêncio sepulcral e instantâneo foi criado quando Estamira interrompeu a sua fala e o que se viu foi um senhor preso em espasmos assustadores, com os olhos revirados. Pálido como marfim, recebia a ajuda de uma mulher, que, ao seu lado, gritava "pai, acorda, pai."

Perguntaram se havia algum médico ali, e logo uma enfermeira se prontificou. Mediu o pulso, queriam saber o nome do sujeito, que ainda não tinha retomado plenamente a consciência. "Parou a peça?", disse o senhor momentos depois – já com a camisa aberta, mas ainda com olhos vidrados. Porque soou irônica, a frase suscitou risos em alguns. Enquanto isso acontecia, Estamira andava de um lado para outro do palco, preocupada.

Queriam tirar o senhor do teatro, mas ele não podia andar. Sua cor começava a voltar quando alguém ligou para uma ambulância. "Sim, ele já sofreu um enfarte," confirmou o voluntário, segurando no braço tenso do homem em apuros.

O senhor bebeu um gole d'água e enfim conseguiu sair do Paiol. "Tomar um arzinho vai ser bom", disse alguém querendo ajudar.

Estamira retomou a concentração e continuou a peça de onde parou. Falava, naquela altura, sobre os vários tipos de morte. Aquela que te cega e te encolhe. Aquela que te desanima e te tira o riso. Aquela que te deixa invisível – "sabia que na Idade Média os loucos eram colocados em uma barca e sumiam?", perguntou.

A história de Estamira serviu para lembrar que há soluções para todas essas mortes. Menos para essa uma aí, que parece não existir, mas que chega sim – ou tenta chegar – sorrateira e inofensiva na carona de uma respiração chiada.

Ao final do espetáculo a atriz Dani Barros dedicou a peça ao senhor grisalho, que foi caminhando normalmente até a ambulância que o aguardava no lado de fora do Teatro do Paiol.

[25/11/2011] [22h05]
Caprichos & Relaxos

Todos os curitibanos têm um pouco de Paulo Leminski. Às vezes encontramos verdadeiros cachorros loucos por aí – vá atravessar a rua, mesmo na faixa, e diga se você não se sente ameaçado. Vez em quando somos poetas maiores e fazemos haikais tão impressionantes quanto as fotos que rodaram de novo pela internet, depois da Virada Cultural, mostrando que, incrível, ninguém pisa no jardim em frente ao Paço da Liberdade.

Paulo Leminski, que não por acaso tem um livro chamado Caprichos & Relaxos, escreveu tanto bobagens legais quanto obras extraordinárias. "Ameixas/ ame-as/ ou deixe-as" exemplifica o primeiro caso (é bobo, mas é divertido). Catatau, o segundo (definido como romance-ideia, é um livro ousado que até hoje encafifa estudiosos da literatura). Era, em suma, um típico curitibano, que de certa forma simbolizava a sua própria cidade: tinha estalos de gênio, atuava em várias frentes, mas nunca foi unânime. Há ao mesmo tempo uma aura messiânica em torno de si, que inclui poetas que o imitam até no fio do bigode, quanto uma descrença em relação à parte de sua obra, muito por conta de sua figura exótica e quase sempre alterada por algumas doses a mais. Para Curitiba, vale o mesmo.

Mais um exemplo dessa, digamos, inconstância dos pinheirais: semana passada houve uma homenagem a Paulo Leminski, que morreu há 22 anos. O espetáculo Essa Noite Vai Ter Sol, parte do projeto Música no Paiol, uniu Estrela Leminski, sua filha caçula, cantora e compositora; uma banda sensacional formada por Téo Ruiz (violão e voz), Estevan Sinkovitz (guitarra), Mariá Portugal (bateria) e Clara Bastos (baixo); e José Miguel Wisnik, um polaco patrimônio da cultura nacional e ex-parceiro de Leminski.

O sol apareceu em vários momentos, mas as "ameixas" também estavam lá. Estrela tem uma postura quase amadora no palco. Foi sublimada pela apresentação da banda, impecável. Entrou no palco na hora errada, ao confundir uma música com outra. Não foi um crime e isso passou batido, até porque o show tinha mais cara de confraternização de amigos do que qualquer outra coisa. Seria até estranho se tudo ficasse nos trilhos.

Foi um show de curitibanos para curitibanos. Improviso e insegurança andavam juntos, assim como momentos sublimes, aqueles estalos – houve uma versão inesquecível de "Luzes", com a participação afinadinha de uma plateia tímida.

No dia anterior, aconteceu um bate-papo com Wisnik no Conservatório de MPB. Ao final, alguém matutou: como seria o comportamento de Paulo Leminski se ele estivesse vivo? Escreveria haikais no Facebook, tuitaria poesias com até 140 caracteres, manteria o bigodaço, traduziria, além do grego, também mandarim?

Ainda na metáfora sobre a cidade e seu poeta, luzes e sombras, altos e baixos, penso o que ele diria, por exemplo, ao ler a notícia de que a sua Curitiba, toda toda nos anos 1970, já não é mais reconhecida pelo que um dia foi. No 18.º Congresso Brasileiro de Transporte e Trânsito, realizado em outubro, ao invés de receber elogios, a cidade foi alvo de críticas. Referenciada como sinônimo de problemas, foi chamada de "desatualizada" por um dos grandes do evento.

Porque esse era um dos trunfos da cidade. Curitiba se vendia assim, era isso que fazia brilhar olhos alheios. O Catatau que um dia fomos, ao menos nesse quesito, virou ameixa podre. Espera-se, então, um novo estalo genial, uma poesia arrebatadora, uma obra surpreendente para que novas luzes surjam sobre a cidade. Que apareçam mais sinais de caprichos do que indícios de relaxos. Porque de poeta e cachorro louco, sabemos, todo curitibano tem um pouco.

[02/09/2011] [21h05]
Do Korova ao chineque

O português valter hugo mãe – que não é afeito ao Caps Lock e escreve só em minúsculas – deveria conhecer o curitibano Cláudio Pimentel. À revelia de um encontro imaginário, em que literatura e boa música poderiam dialogar na mais santa paz, tento explicar o porquê.

Em seu livro a máquina de fazer espanhóis, o mais recente, o escritor joga no ventilador algumas ideias tentadoras. Uma, mais cruel, talvez egoísta, é a de que, com a morte da pessoa amada, também deveriam morrer todos os sentimentos que nutrimos por ela. Aqueles que fazem a voz tremer quando estamos prestes a ligar, aqueles mesmos pensamentos que nos fizeram cegos e bobos em muitas situações. Tudo deveria ser enterrado a sete palmos, assim como os ossos e a carne de quem bateu com as dez.

Outro pensamento do português, esse mais preguiçoso e consolador, diz que velhos não devem se esforçar para aprender nada mesmo. Que devem desistir de tentar fazer o novo porque já têm toda a experiência do mundo. Por outro lado, precisam se empenhar em dar valor a ela, mostrar a todos o que construíram em todo esse tempo de existência porque só assim a dita experiência se manifesta.

Cláudio Pimentel não é velho, mas tem história e, em tempos de Twitter, conta com seguidores de verdade. Líder da banda curitibana Plêiade, que lançou bons discos em pelo menos duas décadas, ex-membro do cultuado grupo Wandula, o curitibano é um exemplo para a teoria do português: Claudião não se renova. E isso é ótimo. No show que fez no James Bar no dia 25 de agosto para comemorar 20 anos de carreira, tocou o que mais gosta, que é justamente o que mais ouviu: Beatles, Smiths e James, além de músicas próprias que trazem consigo suas boas referências, como a versão em notas para "Ismália", lindo poema de Alphonsus de Guimaraens.

Para ver e ouvi-lo, não havia muita gente. Mas quem estava lá cantou "This Charming Man" como se não houvesse amanhã e fez coro no refrão de "Sometimes". A grande maioria da plateia era formada por amigos, eternos incentivadores de um artista carismático, fiel ao seu gosto e responsável por abrir espaço a muitas bandas da cidade.

Pois sim, Claudião também foi um agitador cultural de primeira. Com o extinto bar Korova, que funcionou no começo da década, primeiro na região do São Francisco, e depois no Batel, abriu portas a novos grupos que ocupavam o palco e a artistas que não viam a hora de expor algo naquelas paredes alaranjadas. Além de bandas memoráveis como Jellibelly, Suite Minimal e Maremotos, a Poléxia se apresentou por lá e foi também no Korova que a banda Charme Chulo fez seus primeiros barulhos. E por sua benesse, Claudião corria riscos com shows duvidosos – até este jornalista já teve o privilégio de se apresentar no espaço, com um de seus projetos musicais que serviram mesmo foi para reunir amigos. Desculpa qualquer coisa, Claudião.

Antes da apresentação no James, conversamos por um bom tempo, já que ele andava meio sumido. Todo mundo tem boas lembranças do Korova – da sacadinha em especial, que era disputada em noites mais quentes – e então perguntei: "Tem volta?".

Ele deu um sorriso debochado e respondeu: "Se fosse abrir alguma coisa hoje, seria uma confeitaria". Uma pena, porque, com bares tão genéricos e assépticos, faz falta um lugar em que você pode se sentir literalmente à vontade e, quase sempre, ouvir boa música.

Resta esperar pelo chineque.

[05/08/2011] [21h02]
Mordidas, Guaíra e videogame

Demorou oito anos, aconteceu na última quarta-feira e só faltou café com bolinho de chuva para que realmente fosse uma festa de família. Com o show de lançamento de seu primeiro álbum, a Mordida comprovou ser a banda mais carismática da cidade. Mais. Se alguém quisesse traçar um panorama sobre a música paranaense contemporânea, era só dar um giro pelo Jokers. Contei 12 bandas ali representadas – Sabonetes, Anacrônica, Lemoskine, A Banda Mais Bonita da Cidade, Cosmonave, Audac, Red Tomatoes, Uh La La!, Confraria da Costa, Trio Quintina e o veterano Fernando Tupan, ex-membro dos grupos Estação no Inferno e Ídolos de Matinée. Se esqueci de alguém, é só mandar um alô pelo e-mail ali de cima.

A explicação para o feito está na trajetória do grupo. Formado em 2003, o Mordida lançou seis EPs, ouvidos por muita gente do rock. Bares e inúmeras bandas começaram e terminaram nesse período. A Mordida passou por mudanças, mas seguiu, incólume, criando hits como "Maria Amélia", pedido à exaustão no dito show. Essas e outras faixas mais conhecidas, como "Açúcar", atingiram outros patamares, sendo requisitadas, como se viu, tanto pelo pessoal do Sabonetes – que recentemente voltou do Rock Gol mas antes fazia cover do quarteto – quanto pelos chorões do Trio Quintina.

Paulo de Nadal, Zé Ivan, Luiz Bodachne e Ivan Rodrigues – filho de Ivo Rodrigues (1949-2010), ex-vocalista do Blindagem e pioneiro do rock na cidade – merecem uma medalha por conseguirem o carisma que têm. Somado ao som sessentista do grupo, que faz qualquer um mexer o pezinho, a Mordida, além de agregadora, torna-se irresistível. É mais um sinal da força coletiva da cena local, que recentemente ganhou outros dois episódios que merecem citação.

O Teatro Guaíra foi devidamente ocupado pela Banda Mais Bonita da Cidade, no último dia 30. Não se viam paraninfos, e sim uma banda no conforto de casa. Não foram ouvidos discursos e homenagens, e sim uma música autoral que dialoga com a cidade. Eu estava mais perto de carurus e acarajés do que de vinas, então não pude ver essa de perto. Mas os comentários de quem estava lá são de dar remorso.

Outro feito, este mais, digamos, lúdico, aconteceu em 16 de julho. Os blogs Defenestrando (www.defenestrando.com) e Lado B do Futebol (www.ladobdofutebol.com) promoveram a Taça Chico Buarque de Allejo. O quê? Um campeonato de futebol jogado no clássico console Super Nintendo. Disputaram a peleja as bandas Homemade Blockbuster, Gentileza, Crocodilla, Monaco Beach, RockaJenny, ruído/mm, Yokofive e Colorphonic. A vencedora foi a Gentileza (Bulgária de 1994, com Hristo Stoichkove e companhia), mas o golaço foi unir as bandas e confraternizar. A ideia para a próxima edição é realizar o evento em um bar, com som ao vivo e telão. Calcule.

Voltando ao caso Mordida. No final do show de quarta, muitos pedidos de música, piadas internas – compartilhadas com metade do público – e uma canção que está no limiar entre o deboche e a celebração. "Essa cidade é perfeita pra nós/charmosa como a dança da vovó", cantou Paulo de Nadal em "Eu Amo Vc". Emblemático.

[23/05/2011] [21h03]
Uma Banda Bonita incomoda muita gente

Além de se tornar o maior fenômeno musical curitibano na era da internet – a essa altura aposto que você é um dos 1,5 milhões que conferiram aqueles já tão famosos 6 minutos – o clipe da música "Oração", da Banda Mais Bonita da Cidade, também prova duas outras coisas: o mundo está carente e a autofagia anda bem solta por aí, do Batel ao Cajuru, passando por Twitter e Facebook.

Carente, sim. Analisemos o sucesso da empreitada começando pela relação interpessoal de todos os músicos que aparecem no vídeo. Eles são amigos, ou casais, e só repetiram o que fazem provavelmente toda semana. Simplesmente porque gostam de estar juntos, de compartilhar momentos.

O que aconteceu é que um dia resolveram gravar isso. São seis minutos e três segundos de sinceridade, que refletem exatamente a sensação que pode explicar parte do fenômeno: a vontade de estar lá no meio de todos, cantando aquele refrão simples e bobo, mas verdadeiro. Em tempos de distâncias impostas pela virtualidade, não é de se admirar que um clipe tão humano tenha chegado onde chegou.

O mais curioso, quase revoltante, é que os argumentos – se é que podem ser classificados assim – contrários ao, repito, maior feito da música curitibana em tempos de web, se baseiam em clichês preconceituosos. Porque ou a banda "é muito bicho grilo", ou é "o pessoal da Reitoria fazendo música". O que isso quer dizer? Sem contar comparações ridículas ou piadinhas sem graça – feitas por gente esclarecida – sobre o clima de festa de família compartilhado com meio mundo pelo grupo.

Então, que regravem o clipe usando jaquetinhas de couro e cantando em inglês. Que façam a barba. Que sejam mais prolixos. Que não estudem na Reitoria. Que não usem flores no cabelo. Que não tenham como referência a banda Beirut – que emplacou até música em minissérie da Rede Globo. Aí poderiam fazer sucesso? Não digo que o senso crítico tenha de ser esquecido. A música, por exemplo, é simples, senão simplória. Baseia-se em um refrão repetitivo e tem melodia previsível. Talvez, se fosse lançada ao mundo por ela mesma, passaria despercebida. Mas aliada às imagens, e condensada na figura de Leo Fressato, que desce escadas para encontrar a felicidade em forma de amizade, torna-se grandiosa.

O que tem que existir, quase sempre na vida, é uma benevolência com aqueles que fizeram sucesso se portando de maneira diferente daquela que temos como ideal. O clipe foi visto por mais de 1 milhão de pessoas, apareceu na capa de jornais e sites do Brasil, e ganhou matéria em um dos maiores periódicos da Itália, o Corriere della Sera. Isso em uma semana. Criticar por criticar é exercitar a autofagia, palavrinha tida como morta, mas que retorna a cada vez que Curitiba tenta ganhar o mundo sendo ela mesma. O que é popular, é bom saber, incomoda e muito aqueles que nunca o serão.

[03/06/2011] [21h05]
Uma Banda Bonita incomoda muita gente [2]

Semana passada estive em um tradicional bar da cidade naquela hora pós-expediente, pré-casa. Um pão com bolinho depois, Vinicius Nisi entra, me cumprimenta e senta em uma mesa grande, onde caberia até uma penteadeira. A essa altura você, não marciano, já sabe que Vinicius Nisi é o tecladista d'A Banda Mais Bonita da Cidade e o diretor do clipe histórico que, atingindo números estratosféricos e promovendo na mesma medida elogios e impropérios, chegou ao Fantástico no último domingo (29).

Conversamos mais um bocado e acompanhei a movimentação da mesa ao lado. Cinco ou seis pessoas se aproximaram, duas delas com o que pareciam ser laptops. Em meio a abraços efusivos, pareciam estar tramando algo, embora a descontração – quase a mesma verificada durante a música "Oração" –, fosse a marca mais evidente. Todos pediram seus lanches, pimentinhas, tomaram cervejas, riram e tricotaram algo. Ninguém do bar reconheceu Nisi, adepto do chapéu e da barba por fazer.

Alguns dias antes, mas aí no fim de semana, encontrei Diego Perin. Baixista da Banda Gentileza e da Lemoskine, é um dos colaboradores que aparece no "clipe-feliz", tocando baixo e concertina. Ele pediu uma cerveja, cumprimentou alguns conhecidos e revelou que a Banda Mais Bonita da Cidade foi sondada por gravadoras. Até agora, o grupo não aceitou qualquer proposta.

Nesta semana, a internet me disse que a banda pretende lançar um disco de forma colaborativa – a palavra serve bem ao grupo, já sabemos. O site em que se encontra o projeto é o Catarse – a página é essa: http://catarse.

me/pt/abandamaisbonitadacidade – e a ideia é a seguinte: o público escolhe as músicas que entrarão no primeiro disco d'A Banda via financiamento colaborativo. É uma espécie de crowdfunding para álbuns. Lá, se lê: "Além de contribuir e ganhar benefícios, você vai nos ajudar a escolher as músicas que entrarão no disco: nós vamos abrir 12 projetos, um pra cada música. A música que não atingir o custo mínimo de produção, cai fora do disco e os valores apoiados para aquela música são devolvidos. (...) Você escolhe a sua música preferida e o valor a ser apoiado. Cada valor dá direito a uma recompensa diferente." O site não deixa claro qual é a recompensa. Os piadistas apostam tanto em flores do campo como em origâmi de papel reciclado.

Comer pão com bolinho, tomar cerveja nacional em copo de plástico, se reunir com amigos em mesa de bar, ignorar gravadoras e se embrenhar em um projeto colaborativo que corre o risco de não dar certo prova que A Banda Mais Bonita da Cidade é também a mais coerente. O clima de amizade e de sensatez persiste, mesmo com o Zeca Camargo batendo à porta. Pelo jeito tudo está sendo pensado, sim, mas a essência do que é o grupo não se extingue em nenhum momento. Nem quando há dinheiro envolvido.

Acabo de ler uma matéria da Revista O Globo do mês de maio. O quinteto foi recebido pela reportagem carioca e atiçou a curiosidade do maleiro."É banda de rock?, perguntou ao jornalista." Em parte da reportagem, há uma informação que quer dizer muito, apesar da aparente irrelevância: não houve cachê para os músicos que participaram da gravação do clipe, naquele domingo ensolarado em Rio Negro. Mas "foi servido um macarrão vegetariano temperado com manjericão e alecrim colhidos na hora. E cervejinhas para descontrair" .

Para aqueles que os criticaram pela felicidade escancarada ou pela fofice da música "Oração", o termo neo-hippie, então, seria o mais adequado agora. Anotem aí.

[08/04/2011] [21h01]
A arte da entrega

Marcelo Camelo é um sujeito barbudo que sabe exatamente onde mete o bedelho. Pensa sobre sua arte como poucos, reconhece quem a ouve, consegue vislumbrar caminhos possíveis para seu processo criativo e tem aquilo que é essencial para que algo seja entendido como genuíno e singular: a entrega, os tão requisitados 100%.

Conversei com ele na última quarta-feira, por conta do lançamento de Toque Dela, seu segundo disco solo. E a clareza de seu pensar, suas reflexões, deram o tom do telefonema – a matéria sai na edição de amanhã do Caderno G.

Uma frase. "Tento oferecer uma ampliação do senso comum de bom gosto. Escolhi ser assim para tentar expandir essas fronteiras", ele me disse, quando o questionei sobre as diferenças do novo disco em relação ao álbum Sou, considerado por muitos um trabalho hermético e esquisitão. Pode soar pedante, até arrogante, mas a sinceridade às vezes adquire essa forma mesmo.

O que Camelo propõe é aguçar o olhar, levantá-lo por sobre a corrente de histerismo, como ele diz, que toma conta da música e, enfim, de toda essa vida amalucada e corrida que está aí. Um disco baseado em canções com voz e violão não era para ser estranho afinal de contas. Ou era?

Não importa. Toque Dela revela um sujeito totalmente entregue. Camelo teve a coragem de poucos. Colocou sua vida, seu momento atual, em um álbum. Ele fala sobre a mudança de cidade – saiu do Rio de Janeiro e foi para São Paulo morar com a namorada, Mallu Magalhães –, e, claro sobre essa relação. As entrelinhas existem, mas requerem um esforço descomunal para que as acessemos. Isso porque o que está ali, encaixotado em dez faixas, é tudo verdade.

Além do instinto criativo – ou dom, se preferirem –, a arte requer uma doação para se tornar completa. Pense no caso do escritor Cristovão Tezza. Sua longa trajetória na literatura só foi coroada com a publicação de Filho Eterno, em 2008. O livro fala de seu filho com síndrome de Down, antigamente um assunto-tabu para o escritor. A obra, na verdade, escancara esse fato, que um dia foi um problema. Tezza venceu os principais prêmios literários no ano seguinte. E ainda tirou um peso das costas. Se rendeu, enfim. Mas foi honesto consigo mesmo e alavancou sua arte para outro patamar.

Tornar público um sentimento, no caso de Marcelo Camelo, ou uma relação familiar, no de Tezza, não é fácil. Ambos se desnudaram de seus próprios preconceitos, tiveram essa coragem.

Também durante a entrevista que me concedeu, Camelo disse que tudo que faz tem relação com sua vida pessoal. Com seu estado de espírito, com seu conceito de verdade. Pode parecer óbvio, mas assumir isso já é um grande começo para que algo genuíno – um livro, uma música – aconteça.

Às vezes não é preciso olhar para fora para buscar inspiração. Basta se perceber um pouco mais. Buscar a essência, às vezes deixada de lado por conta do corre-corre destes anos 2000, que nos exige um olhar mais periférico do que profundo.

[03/12/2010] [22h07]
Obrigado, Paul

A certa altura da música "Let it Be", que Paul McCartney dedilhou em um piano preto e brilhante para 64 mil pessoas no show que fez em São Paulo no dia 22 de novembro, girei 360°. Lentamente, observei com a atenção de um anestesista o que acontecia no estádio do Morumbi. Era algo "memorável", diria alguém, sem precisar se esforçar muito.

Sim, a música é gasta, rodada, batida. Tudo isso. Mas a ideia de que, ao ouvi-la ao vivo não sentiria uma sensação brega ou clichê já estava há muito na minha cabeça. Então, desarmado, dei atenção aos detalhes que coroaram aquele momento.

O sujeito solitário ao meu lado esquerdo – um cara com seus possíveis 30 e poucos anos, alto e troncudo –, se perguntava "o que é isso, meu Deus, o que é isso?", como se a resposta para aquela catarse unânime e concentrada estivesse nos céus. Céus, aliás, que derramaram ininterruptas cinco horas de chuva em fãs que não arredariam pé mesmo se as gotas gordas se transformassem em facas ginsu. O rapaz, então, levava as mãos ao rosto, limpando o que já era um misto de chuva e choro, presente em muitas caras embasbacadas por ali.

Três senhores com os quais eu tinha conversado anteriormente agora estavam impávidos. Um deles mantinha o punho cerrado, como se prendesse as notas que ouvia e não as quisesse soltá-las nunca mais. Antes do show, sentados como índios em uma rodinha, bebiam cerveja da mesma maneira que faziam nos bares do interior de São Paulo há uns 20 anos atrás. Conversavam sobre os discos preferidos. Falavam de John, de George. Sobre os vinis que estampavam na parede de suas casas. E confessaram: inventaram uma boa desculpa para se ausentar de suas mesas de engenheiros.

O sujeito exatamente atrás de mim poderia ser descrito como um empolgado-desafinado. Cantou a frase "and when the night is cloudy" com um inglês até que correto, mas tão, tão fora do tom que chegou a abrir uma rodinha de reprovação em um espaço já impraticável. E mais. O jovem – ele vestia uma camiseta azul anil totalmente encharcada e usava óculos de um respeitável grau – fazia caras, bocas e gritava para seu ídolo. "Paaaaaaul. Paaaaaaaaaaul. Esse cara é demais", falava, buscando ecos em uma plateia controladamente ensandecida que não queria outra coisa a não ser ajudar Paul McCartney a cantar "let it be, let it be".

Com as luzes do estádio apagadas, as arquibancadas pareciam fazer parte de uma novena, já que celulares – que agora tomaram o lugar do isqueiro em grandes shows – reluziam no breu. A única luz mais forte vinha do palco.

Depois de completar o giro e voltar a prestar atenção no músico de 68 anos que se divertia à minha frente, percebi que o show foi, sim, um encontro de gerações. Em uma época em que as individualidades artísticas perderam espaço para as fórmulas enlatadas de sucesso, senti que realmente estava fazendo parte de algo maior. Que todas aquelas vozes, toda a chuva que caiu, todas aquelas pessoas de cabelos e olhos molhados estavam em comunhão com algo que mistura história, devoção e emoção e que, talvez, nunca mais se repita.

E há que se lembrar. Não eram os Beatles. Tampouco o baixista dos Beatles que estava lá. Era 1/4 de um sonho, que teve suas três horas da mais pura e inesquecível realidade.

[29/10/2010] [22h01]
Na medida

Queria estar errado, mas é cada vez mais raro uma sequência de acordes ser capaz de me fazer ignorar uma conversa potencialmente interessante. De, subitamente – já que bastam alguns segundos para reconhecermos as músicas de nossas vidas –, me transformar em alguém que só quer o silêncio de um velório para ouvir aquela canção indescritível. E dispondo a coragem de quem sabe o que está fazendo, começar a cantar afinado. E finalmente relembrar.

Um certo livro, meio tedioso, didático demais, explica que diferentes músicas causam diferentes impactos em que as ouve. Óbvio. Um pouco mais interessante é o que ele sugere a seguir: os impactos são maiores ou menores de acordo com a idade de quem ouve os laralás. Como tudo na vida tem uma fase, não seria diferente com a música.

Meu pai, por exemplo. Certo dia fui corajoso. Apanhei os dois fones de ouvido do Ipod – Sr., José Luiz, já expliquei o que é isso – e passei a ele, na cozinha. "Ouve aí", disse. A banda era a gaúcha Apanhador Só, que lançou seu primeiro disco neste ano. No meio da música surgiam nomes de amigos de meus pais. Imaginei que eles fossem se interessar. Não foi o que pareceu, e não os culpo. Porque experimente colocar na vitrola um disco do Julio Iglesias ou algum bolero eterno como "El Día Que Me Quieras". Meus pais cantam – en español – verso por verso, do começo ao fim. É baile na certa.

O que acontece é que ambos ouviam essas músicas quando jovens. Ou melhor, quando suas preferências, suas escolhas, o modo de vida, enfim, ainda não estavam cimentados, totalmente definidos. O mesmo acontece comigo e com você.

Não pare de ler, mas sou capaz de fazer tudo aquilo que escrevi ali no primeiro parágrafo quando ouço bandas como Echo & the Bunnymen ou James. Meu irmão as ouvia, logo eu também. Fizeram parte da nossa vida. Simples assim. Quando comecei a me interessar por música, correr atrás de outros artistas em lojas de discos e ao mesmo tempo ter a paciência de, pela internet, baixar faixa por faixa em programas naftalínicos como Napster ou Kazaa – isso tudo conversando com alguém no ICQ –, minha relação absorção/ significância estava mais desequilibrada. Ou otimista. Pois são essas músicas que me invadem mais. São delas que mais lembro. Dado relevante: músicas que remetem a pessoas não contam.

Talvez, se ouvíssemos em casa coisas como aquelas que dominavam as rádios na década de 1990 – "Dança do Pimpolho" ou "Clementina de Jesus", que hoje se transformaram estranhamente em artigos cultuados exatamente por sua bizarrice, estivesse aqui dizendo que vou dormir ouvindo "É o Tchan no Havaí. Novamente: é tudo uma questão de idade e influências. O bom gosto vem depois.

Se colocasse as músicas que tenho no meu computador pessoal para tocar, uma após a outra, poderia passar 23 dias, 21 horas, 43 minutos e 45 segundos as ouvindo sem que nenhuma repetisse. Mas poucas delas têm o enorme privilégio de serem as primeiras a ressoarem quando chego em casa do trabalho ou quando ligo os alto-falantes para animar atividades naturalmente pentelhas, como pendurar a roupa ou lavar a louça. Nesta categoria, só uma lista pequena se encaixa.

A maioria das bandas ou dos artistas que fazem parte dela está ligada à minha vida há muito tempo. É difícil, portanto, novos sons conseguirem de mim uma atenção incondicional. Mas ainda vivo, não fiquei surdo e ouço muita música. Então cito dois casos recentes: os norte-americanos do Fleet Foxes; e o carioca Thiago Amud. Vou me arrepender daqui a pouco, mas é o que me vem à cabeça agora. Mas para provar que estou errado, amanhã coloco Julio Iglesias nos fones, bem alto, e tento mais uma vez.

DOS OLHOS

Não me dê uma calça sem bolsos, não esconda meus óculos escuros. Globalização pra valer é ouvir índios andinos tocando "Menino da Porteira" na Praça Osório, com aquela flautinha agridoce. Onde moramos? Ninguém disse que é preciso viver na cidade onde nascemos. Escolher filmar um show em vez de vivê-lo é assinar um decreto que diz: sou incapaz de assimilar experiências. Pelo barulho, a vizinha do lado está namorando de novo.

[23/08/2013] [21h05]
A vizinha está namorando

Pelo barulho, a vizinha do lado está namorando de novo. Acho bom. Um dia ela precisou de ajuda porque tinha comprado um sofá gigante. Tocou minha campainha e fez aquela cara ambígua, algo entre a desculpa e a urgência. "Não passa na porta." Retirei os caixilhos para liberar espaço. Deixei o trombolho de pé e fiz uma força descomunal para arrastá-lo. Quando me via patético, suando em bicas e dando empurrões raivosos no sofá – por que daquele tamanho? – pensei no pior: entalar a coisa toda na porta e deixar a moça para fora de casa eternamente.

O namoro explica o sofá exagerado, mas ainda não entendi o porquê de, naquele dia, ela manter o interior do seu apartamento em segredo. Impressionante: ameaçava avançar, ela se punha na frente. Nem água ofereceu. Esse mistério em potencial – "o que a vizinha esconde?" – só cresce.

Temos nossos segredos. O que me incomoda no meu apartamento, por exemplo, fora a planta meio esquisita da qual cuido sem saber qual é, são os jornais não lidos. Várias pilhas. Periódico sobre periódico, como se corpos ignóbeis em decomposição. O sentimento que me faz acreditar que um dia irei folheá-los tem a mesma essência daquele que aumenta o monte. Penso no dia em que abrirei a porta de casa, que range, como range – "uíiiiíiíihhhhnnnn" – e desviarei de todo aquele calhamaço de notícias pessimistas, pular os classificados e saltar com cuidado sobre o jornal de domingo, o mais desafiador. E ainda há as revistas, discretas, no cantinho, plastificadas; os recortes de pedaços de jornais com a minha assinatura – a pasta que faria para guardá-los, como se guardam figurinhas especiais, nunca existiu.

Encarar a cena é o problema. Dependendo do ângulo, o monte ganha uma aparência disforme e embaralhada, já que diferentes papéis se misturam. A foto de uma página é interrompida pela manchete de outra. Viver entre jornais é uma cacofonia.

Tentativas não faltam. Já fiz planos para 1) ler sempre os jornais de ontem, arcando com o preço de transformar minha vida em um flashback contínuo; 2) acordar cedinho e ir atrás dos dois ou três calhamaços, e lê-los enquanto tomo um café esfumacento; 3) atentar só para o que me interessa e ignorar o remorso; 4) fazer uma maratona e ler tudo o que tenho de atrasado em um final de semana, até desmaiar; 5) jogar tudo fora, as revistas antigas, as novas, as matérias que poderiam encher uma pasta, e as que não li, mas gostei.

Já pensei em dar um nome a esse monstrengo de papel, tendo em vista que minha relação com a criatura estoica só se afina. Chamar de, sei lá, Cândido, Joaquim. Gutenberg. Gutenberg seria bom.

Toda noite, molho a planta desconhecida, que já se aprochega em botõezinhos de alguma coisa que em breve descobrirei, e desvio o olhar das pilhas, que de ácaros pelo menos estão livres.

Digo tudo isso porque algum dia é preciso acabar com esse peso, que enviesa a prateleira, e parece se transmutar assustadoramente até empenar a alma daqueles que deixam as coisas não feitas pelo caminho. Mas hoje não. Hoje a vizinha está namorando. Durma-se com um barulho desses.

[09/07/2010] [21h03]
Obrigado por dançar comigo

Gosto de observar essas coisas. De ver alguém que não sabe onde colocar as mãos quando não há bolsos nas calças. Essas coisas. De desviar o olhar quando olhos carentes se misturam por muito tempo. Eu gosto de observar essas coisas. Um eterno enrolar de dedos, por exemplo, em algo que não existe, mas que estranhamente resiste. De se mexer com o que está quieto. Eu gosto.

Gosto de ver pessoas tropeçando. Menos pela solidariedade camuflada — ao nos perguntarmos rapidamente e em silêncio se está tudo bem. E mais pela reação posterior ao golpe inesperado. Ela pode ser uma mistura de autoconfiança. É quando a vítima olha para o chão em busca de um algoz: um buraco repentino, uma pedra frouxa na calçada. Mesmo algo invisível pode ser acometido por impropérios e gestos bruscos. Tudo para desviar a atenção, principalmente quando o incidente é barulhento. E esses são os melhores, cá entre nós.

Há outro tipo de consequência pós-tropeço ainda mais comovente. É quando se acelera o passo, fingindo que a bateção estabanada de pernas é um mero impulso para uma corridinha sem propósito. Depois da cena há um olhar para os lados, surpreso. E logo volta-se para o caminhar normal – embora as olhadelas para o chão ganhem em frequência.

Gosto também do frio que corta. Porque aí há reações corporais que são dignas de atenção. Parece que o queixo se gruda ao pescoço, e os olhos, ao chão – daí concluo que no inverno é mais difícil tropeçar.

Encapotados, seres vagam pelas ruas resmungando assobios. "Shhhhhhh". Tchhhhhhh". É o frio. Eu gosto de vê-lo em ação.

Pedestres expostos a ares gelados também proporcionam situações igualmente estranhas. Alguns continuam o bater de pés mesmo quando não se pode atravessar a rua. É algo como um trote antifrio. Enquanto isso, o olhar para o vermelho do semáforo é agudo, ansioso, como se clamasse pelo verde que logo surge. E eu ali, a observar.

O banco também serve para esse prolífico laboratório do cotidiano. Dia desses um senhor aguardava sua vez sentado na primeira fileira, com o nariz colado no painel que indica as senhas. Enquanto seu número não chegava, virava de um lado para o outro o papel amarelo retirado na maquininha: moto-perpétuo. Quando foi chamado, amassou o bilhete. Não entendi.

O que eu queria mesmo ter visto foi o que um amigo me contou. Numa manhã, andando pelas calçadas de Curitiba – agora não sei se da XV ou da Comendador Araújo –, ele viu de longe uma mulher, que a passos lépidos surgia em sentido contrário. Ambos estavam praticamente na mesma velocidade e, apesar da distância ainda segura, já tentavam evitar o encontro.

Ele foi pra lá, ela também. Ele voltou, ela também. Ele fingiu que ia pra lá, ela também. Até que a moça se saiu com essa: "obrigado por dançar comigo nesta manhã". Ela deu um sorriso sem jeito, se esquivou. Continuou seu rumo. Ele também. Gostaria de ter visto isso.

Há outras coisas que gosto de observar, mas confesso que não sou inocente. Também faço parte desse grupo estranho que vaga por aí com a cabeça nas nuvens. Tropeço com frequência assustadora; brinco com coisas que estão à minha mão enquanto espero algo; rio quando vou de encontro a alguém que surge no caminho porque lembro da história ali de cima. Na verdade, rio da maioria dessas situações. Só não me dê uma calça sem bolsos e não esconda meus óculos escuros.

[19/10/2015] [17h40]
Espiões

Após várias observações de sucesso, testes empíricos inclusos, chego à conclusão de que 18h21 (horário de verão) é mesmo o momento oficial em que os cachorros deixam os apartamentos do São Francisco em suas correntes coloridas em busca do verde da grama, para fazer o que só eles sabem fazer quando estão de cócoras sob as duas patas traseiras a meio palmo do chão.

Da janela, vejo a loira-fitness com seu pinscher preto de focinho alongado, a balançar o rabo como hélice de helicóptero porque ele acaba de perceber que do outro lado vem a senhora de boné acompanhada de sua pinscher esguia, um pouco mais velha, de pelos brilhantes e com uma trilha acinzentada nas costas. Desta vez a cadela não calça os sapatinhos cor-de-rosa.

A senhora – cabelos curtos, espírito jovial e calça fusô — carregava uma sacola de mercado nas mãos. É esse o código a partir das 18h21: só é possível sair às ruas com sacolinhas de plástico. Do alto, contra a luz do sol caído, via os pequenos tijolinhos firmes e arredondados, catados da grama um a um.

Não demora muito para que um poodle branco se junte à pequena manada. É o rival natural do pinscher em termos de latidos estridentes fora de propósito. Cachorra mole e cheirosa, late como muge uma vaquinha nascendo. Quem a leva para a grama, todos os dias, é a zeladora, uma mulher parruda e simpática, que sempre está ou com a mangueira, ou com o regador, ou com um papel, ou com uma chave, ou com um problema, ou com um cachorro nas mãos.

O último a chegar para a festa-da-sacola é um rapaz de regata e bermuda de corrida. Traz um vira-latas preto e branco, dálmata genérico, em uma daquelas guias ajustáveis, cuja extensão, o limite momentâneo da liberdade do cão, é variável de acordo com a obediência do cachorro e com a vibe de seu senhor. O bicho tenta se aproximar de uma árvore e leva um sacolejo no pescoço. Atiça-se com a poddle logo à frente e consegue ganhar espaço suficiente para uma fungada rapidíssima, mas convincente.

Todos os cachorros cagam e se lambem momentos depois. Nenhum vizinho se toca.

Cães não mudam seu comportamento quando espiados: põem a língua para fora, guincham de felicidade quando o portão se abre, cavoucam a grama, rolam nela e terminam seus dias com as patas para cima. Felicidade pura.

Pessoas vistas de cima sem aviso tornam-se mais animalescas. Cutucam o nariz, falam sozinhas, falam com seus cachorros, olham para o infinito e pensam no que poderia ter sido. A consciência cobra juros mesmo quando o que se tem nas mãos é uma sacolinha com cocô morno.

Acho mesmo que a arte é a religião da lucidez. Mas, se deus existir, qualquer um deles, o que realmente faríamos de diferente se de repente soubéssemos que ele poderia nos espiar assim, como se espia a vida alheia da janela de um apartamentozinho?

[19/06/2015] [17h40]
Buraco de minhoca

Globalização pra valer é ouvir índios andinos tocando "Menino da Porteira" na Praça Osório, com aquela flautinha agridoce. Onde moramos? Ninguém disse que é preciso viver na cidade onde nascemos, embora Curitiba seja complicada e perfeitinha. Com olhos de luneta, logo percebemos que moramos em algum lugar no escuro do espaço, dando de ombro em anãs-vermelhas, meteoritos e pedaços de satélites russos.

Ando me afeiçoando às coisas do céu. Mais do que às da Terra, que parecem não ir muito bem (na Câmara dos Deputados há um sujeito que circula de farda e que acaba de criar o Partido Militar Brasileiro; o Oil Man faz tempo que não dá as caras; A Vila Olímpica foi-se; a conta de luz subiu de novo). Há alguns meses encaro "Uma Breve História do Tempo", livro em que Stephen Hawking explica porque vivemos no passado e outras coisas legais como: o universo teve mesmo um início? Terá um fim? Podemos voltar no tempo? É tranquilizante lembrar quão estúpidos somos em relação a tudo que nos envolve. De rir: ouvimos "você sabe com quem está falando" e não conhecemos nem o lugar onde sujamos os sapatos.

Leio devagar. Incomoda-me a quantidade de exclamações, mas as explicações são eficientes, mesmo para um jornalista em tempos de listas do Buzzfeed. Depois de atravessar um capítulo, a vontade é de ir até a janela, mirar o céu, ver uma estrela que não existe mais, sorrir um pouquinho.

O Netflix é uma beleza, sabemos. Tinha um pé atrás com os Ted Talks, aquelas conferências em que determinado tipo de conhecimento (às vezes muito importante) é expelido como numa ejaculação precoce. As pessoas deixariam de assistir se tudo fosse explicado sem micagem? A atração é a atuação de quem palestra ou aquilo que se compartilha? Não sei. Sei que há alguns Ted Talks muito bons sobre o espaço e tudo mais. São incríveis algumas descrições tão científicas quanto infantis como "matéria escura" ou "buraco de minhoca."

Um desses programas trata do "design do universo." Um professor muito importante, de barba e cabelos brancos, explica num upa que o ponto espacial em que colocamos roupa para secar e fazemos café tem uma forma repetitiva, progressiva e, por consequência, se desdobra em alguma outra coisa assustadoramente gigantesca que não temos a mínima ideia do que seja. Não é fantástico? Uma visão em 3D, ao fim do filme, nos mostra o que seria o design do universo: um emaranhado de galáxias, que se amontoam como bolinhas de lã num tecido xadrez de um cachecol fino.

Jason Pierce, do Spiritualized, sentenciou numa música espetacular que "estamos flutuando no espaço, senhoras e senhores". Apenas isso. De ponta-cabeça, viajamos numa velocidade inimaginável, andamos de pernas de pau e discutimos Neymar.

[05/06/2015] [17h00]
Pessoas de bem

Caminho para a fila de embarque num aeroporto da Espanha com olhos de ressaca e aquele mau humor matinal explicável. Há gentes de toda parte. Pessoas atrás de pessoas formam um cordão humano que contorna colunas. É visível o cansaço fúnebre de quem só faz viajar. Falamos sobre aviões, mas estamos todos no mesmo barco. Exceto por ela, despenteada, que maravilha, que coisa linda: a pessoa de bem.

Vem no sentido contrário da serpente-multidão, metida numa blusa vermelha em que se lê algo com letras douradas. Entorta-se para carregar três sacolas do *free shop* e duas malas com rodinhas. Caminha solene e desprendida enquanto passa o dedo indicador no celular gigantesco. E para ao nosso lado, ignorando quem jaz naquele périplo estacionário. Ela chegou, a pessoa de bem.

Digo em um espanhol embrumado (de onde ela é, a pessoa de bem?) que há uma fila ali, ela que se retire, por favor, que siga para o fim, como havia feito há mais de 30 minutos aquele homem de chapéu branco e andar cambaleante com cara de galego. Ao que consta, a senhora não estava grávida (ou seu filho ainda era uma sementinha do bem), não era idosa, tampouco lhe faltavam uma perna ou um braço ou um dos olhos.

O rapaz à minha frente fez que sim com a cabeça, concordou com aquele ato pseudo-heroico contra uma pessoa de bem que só queria dar um jeitinho no seu probleminha. "Por supuesto." A senhora de trás fez gestos com as mãos, indicando para a pessoa de bem que caminho seguir, o único deles, não era tão difícil assim, nunca é.

"Me disseram para vir aqui," argumentou a senhora furona em um português límpido. A frase saiu tão rápida quanto mentirosa, e provou que o avião partiria sim em direção ao Brasil, um país entulhado de pessoas de bem.

Há pessoas na política que se dizem cristãs e de bem, mas que não são capazes de um "opa, desculpa aí!" por um ato de guerra condenado pela Anistia Internacional. Nesta última semana, uma pessoa de bem, antigamente responsável pela segurança pública do estado, comemorou a defesa da vida de pessoas de bem com o ônus da morte de outras tantas (90 em 150 dias, 18 vítimas por mês).

Pessoas de bem também vestiram sangue nos olhos após uma campanha publicitária de O Boticário exibir casais de homens-mulheres, de homens-homens e de mulheres-mulheres comemorando o vindouro dia dos namorados (amor-amor). Porque somos um país cordial e jubiloso. De pessoas de bem.

[08/06/2012] [21h05]
Filmar um show ou vivê-lo?

É questão de minutos, e ela não aguenta mais esperar. Observando os gestos obtusos e a inquietação da moça logo à frente, nota-se que aquele show é algo importante mesmo, esperado. Desejado até. Fosse eu mais detetivesco, provaria que suas mãos suavam, tamanha a ansiedade por ver, enfim, sua banda favorita subir no palco.

Eis que o show começa e ela, tremendo como tremem as pessoas apaixonadas, ergue sua câmera fotográfica que também filma em HD. Dá um grito seco e não vê seu ídolo dar um "oi" simpático. Tampouco o baterista rodopiar sua baqueta. Perde a afinação derradeira do guitarrista e também a posição blasé do baixista, que está de pé e pronto para começar tudo antes de todo mundo. Ou melhor, ela vê. Vê tudo pela lente pequenininha daquela câmera que, com seu filtro digital, lhe dá um simulacro de um recorte da realidade potencialmente inesquecível.

Escolher filmar um show em vez de vivê-lo é assinar um decreto que diz: sou incapaz de assimilar experiências. Eu tiro fotos em shows, confesso. Uma, duas, que saem amadoras e tremidas. O registro é mais pessoal do que qualquer outra coisa e escolho clicar durante as músicas de que menos gosto para, penso eu, perder menos. O que parece ser problemático, mesmo em uma era de inquietação virtual, pois parte de que vivemos primeiro para a internet do que para qualquer outra coisa, é trocar por um mero registro sua capacidade de entrega, de devoção e até sua própria história – quando a banda em questão faz parte do seu repertório há muito tempo. Mas há outros motivos além deste, o principal deles.

Primeiro, tenha inveja: há centenas de pessoas fazendo o mesmo que você e certamente com uma câmera melhor que a sua. Segundo, use a internet a seu favor: o YouTube está aí e, se quiser rever determinado show, é só dar um clique. Terceiro, o ato de erguer câmeras sobre as cabeças atrapalha quem está atrás de você e tem mais interesse em ver a banda ao vivo do que por uma lente. Por último, ao filmar, você não pode pular, espernear, nem gritar porque onde já se viu a gravação sair tremida ou com ruídos indesejáveis, ainda que espontâneos.

O pior mesmo é o que vem depois. Se você não vai a um show e pergunta a alguém que estava lá como foi, a resposta pode ser a própria câmera.

"Vê aqui, ó." Se a tela for pequenininha, tem problema, não. Com um cabo ou outro, liga-se na tevê e pronto. Está lá o show.

Mas a pergunta "como foi?" exige descrições detalhadas e empolgadas, superlativos exagerados, esquecimentos providenciais e confusões aceitáveis – "foi naquela música ou em outra?" – porque, meu Deus, é muita emoção. Porque é exatamente isso que faz um show ser único, lembrado, relembrado e comentado. Não é mostrando um vídeo a alguém que você comprovará isso, e sim lembrando que sentiu uma nota de baixo vibrar em seu corpo.

Alguns podem dizer que o registro é para a posteridade, para mostrar aos filhos ou para virar história caso o show seja mesmo antológico. Pois reafirmo que nada melhor do que uma descrição invisível para dar forma a uma experiência. Hoje, consumimos imagens e não crenças, não histórias. Se somos mais liberais, instantâneos e "compartilhados", somos também mais falsos, a manipular cada experiência, inclusive as mais tocantes, e, ao capturá-las, deixá-las todas idênticas. O perigo é, como disse Barthes, construirmos com isso um mundo sem diferenças, nauseabundo. Pois então, vá ao show – com câmera – e não me convide.

[01/10/2010] [21h05]
De soslaio para a ilha do Dr. Moreau

Perdão, mas as manchas no vidro da janela do meu quarto não são extensas nem opacas o bastante. Às 19 horas, então, vejo uma comoção comportada: é uma fila de ônibus. Como uma cobra gorda, ela se alonga. Contorce-se. Mas não muito, o tubo é grande. Os que esperam não se conhecem, não conversam entre si. Passinhos de tartaruga velha, todos entram no coletivo vermelho desbotado no teto – morar no segundo andar já é um privilégio. Todos, menos o cobrador. Ele aproveita o vazio para atravessar a rua e encontrar o outro sujeito de jaqueta cinza que trabalha no tubo em frente. Conversam sobre o movimento do dia. Se um reparou na moça de vestido azul. Ou se o outro ouviu algo engraçado. Quem sabe. Olho para o lado, pela mesma janela, e vejo a praça. Ou parte dela. Os postes duplos jorram luz talvez mais forte do que o necessário. Neste momento, são pouco mais de 20 horas, há sombras construídas por conta de uma pequena multidão que desvia do carrinho de pipocas, do banco de madeira desbundado, das árvores tortas e guerreiras que chegam ao terceiro andar do prédio vizinho. Há quem corra em direção ao tubo, esse símbolo curitibano, balançando mochilas, perdendo papéis. Casais desfazem o laço carnal momentaneamente ao largarem as mãos e darem passagem a um menino que olha para o chão e não os vê. Mas todos têm algo em comum. Todos levam o peso do dia no rosto.

Menos os casais. Estes, ah. Se encostam na parede – há uma preferida, sem obstáculos às costas – a demonstrar afeto. Mesmo enquanto vem ônibus e vai ônibus. A sequência mais frequente, já registrei, é: beijo-abraço--corre-volta-beijo-corre-não-dá-tempo-volta-beijo.

Com as eleições, ai, ai, há um obstáculo a mais. Dia desses, nove senhoras desfilavam em linha pelo calçadão. Carregavam placas de madeira. Com suas respectivas letras, formavam o nome do candidato. Mas quase embaralharam a alcunha do homem quando uma árvore mal-educada surgiu no caminho. E há as bandeiras, que fazem pedestres desviarem como ninjas dos golpes de um pano vagabundo.

A esta altura, são pouco mais de 21 horas, o escritório que fica bem em frente à maior mancha da minha janela – já a limpei – está vazio. Com luzes acesas, porém. Mesas com aspecto asséptico descansam embaixo de papéis bem organizadinhos. Cadeiras azuis reluzem. No estacionamento, logo acima, as últimas buzinadas. Como buzinam aqui em frente.

Quando finda o dia e cessa o movimento, o pequeno mundo que vejo aqui de cima muda. Transubstancia-se. Pena que é tarde da noite. Senão passaria horas a fio a observar de perto o que pode ser chamado de uma pequena Ilha do Dr. Moreau. Seres extraordinários, urros desesperados, xingamentos esbaforidos, barulhos interessantíssimos seriam motivo de estudo, bem aqui no centro de Curitiba. Alguns claramente são motivados etilicamente, como aquele senhor de cabelos brancos e sebosos que gritava com o chão. Ele gritava com o chão. Logo ali, em frente ao tubo que horas mais tarde estaria entupido por uma multidão silenciosa.

E não adianta nota no jornal, sirene de polícia, reclamação de moradores em seus pijamas compridos. Aquilo é intrínseco à metrópole, é fruto de algo ignorado ou incompreensível. Pena que às vezes atrapalhe nosso sono.

Já são 8 horas e pela manhã há algo triunfal. Um senhor, quase sempre desfilando um pulôver cinza cheio de bolinhas, passeia com seu cachorro. Ele, o cachorrinho, não o senhor, não tem as pernas traseiras. Uma espécie de cadeira de rodas foi adaptada ao bicho, que mexe ligeiramente as patas dianteiras e arrasta o que resta das traseiras, paralisadas. Mas há toda uma proteção, ele não deve sentir nada.

Quando o sinal fecha, o dono e o bichano-maquininha esperam na calçada que fica entre as ruas. O cachorro olha para cima. O senhor olha para baixo. O sinal fica verde, e ambos rumam em direção à padaria 24 horas. Aí o barulho das rodinhas se confunde com o do saco de papelão, que leva pães quentinhos e ordena que mais um dia comece.

DO CORAÇÃO

Então chegam os dias que entram para a história porque fazem brilhar os destroços de ontem. A companhia do celular tampouco colabora para evitar o balançar frenético dos pezinhos. Não conseguimos mais nos perder deliberadamente. O enterro foi ali, com a noite a cair. Ficamos com vergonha de nós mesmos. E com vergonha um do outro. Tenho saudade de gente que nem conheço. A distância agora é feita de outra coisa.

[04/04/2015] [03h00]
A vida é um upa

A morte de um velho não é uma tragédia. Missao Okawa tinha 117 anos quando bateu as botinhas nipônicas, na última quarta-feira. Ela nasceu no século 19 e morreu no século 21. Num asilo. Sozinha. Na cadeira de rodas. Longe dos três filhos, dos quatro netos e dos seis bisnetos. Quando o tempo é muito, até o amor padece.

Sempre ouvi meus pais dizerem que não querem ser dependentes de ninguém na velhice. Deus o livre um derrame, um escorregão no banheiro, o estilhaçar de um baço ou de um fêmur. Concordo. Depender de alguém para continuar a viver é pior do que morrer.

No documentário *Eduardo Coutinho, 7 de Outubro*, o cineasta diz que só existimos de fato quando cultivamos um passado. Que assim nos tornamos menos inconsequentes. O que nos faz planejar o futuro. A velhice – que dá as caras na forma de reflexos vagarosos e nostalgia recorrente – é aquele momento em que temos mais memórias a compartilhar do que vida a percorrer. É por isso que velhinhos são bons contadores de história.

Fico imaginando os netos da senhora Missao em visitas ao asilo. Devem, em algum momento, ter sentido uma culpa inexplicável por mantê-la viva, num sofrimento silencioso – uma foto recente revela a decrepitude: a língua para fora, imexível; a pálpebra do olho direito caída, como se Missao Okawa fosse uma personagem dos Looney Tunes. Envelhecer tem limite.

O IBGE diz que o Brasil tem hoje 14,9 milhões de pessoas com mais de 65 anos (7,4% do total). Em 2060, o número de vetustos deve ser de

58, 4 milhões (26,7%). A longevidade é um privilégio conquistado. Ponha na conta da medicina, do avanço tecnológico, das mudanças de hábitos socioculturais. Há que se comemorar. Mas o prolongamento inescrupuloso da vida faz a morte parecer coisa de outro mundo.

Em um ensaio brilhante chamado *Uma Vida que Merece se Encerrar*, o jornalista Michael Wolff relata a convivência com a mãe, idosa e portadora de Alzheimer. Ele duvida que a continuidade da vida, naquela situação, seja boa para ela ou para quem quer que seja. "O que você faz com a sua mãe quando ela não consegue fazer nada – nada mesmo – para si própria? A questão, para começo de conversa, não é como você lida com as necessidades dela – é onde você a põe", escreveu.

É um caso limite, mas todo mundo conhece alguém que conhece alguém com Alzheimer. Há quem veja na doença um desequilíbrio entre a saúde física e o vigor mental. Como se a cabeça já estivesse morta, enquanto o corpo, turbinado por comprimidos, *footings* e suco de couve com agrião, resista.

O papo (está muito tétrico?) lembra Paulo Leminski, que morreu de tanto viver. "Ninguém vivia pra sempre. Afinal, a vida é um upa. Não deu pra ir mais além. Mas ninguém tem culpa."

[31/07/2015] [17h24]
Shhhh

A felicidade está mais perto da contemplação que dos exageros. Do silêncio que do ruído. De certo é o avançar da idade a causa dessa predileção atual por coisas simples e menos barulhentas – uma volta de bicicleta em troca de um show duvidoso. Desaprendemos a conviver com o silêncio natural de nós mesmos porque até o toque na tela do celular faz um barulhinho engraçado. "Ploc."

Noite dessas choveu estrelas. A dica para acompanhar o fenômeno era trivialmente divertida: "Faça aquele sinal roqueiro com a mão, aquele, com os dedos indicador e anelar para cima. Isso em direção ao horizonte. Na altura da ponta do dedo indicador, as chances de avistar alguma estrela cadente são maiores." Na ponta do dedo anelar são menores? E como raios inventaram essa fórmula metaleira? Vi nada. Os prédios em volta projetam luz o tempo todo, competem com as estrelas mais brilhantes, enfrentam Vênus e Marte. São barulhos mundanos interferindo no remanso do espaço.

Fazer silêncio hoje é um princípio de transgressão. Porque se fala muito para se dizer absolutamente nada. Quem tem muito a dizer – dissidentes dos rumores –, se cala para não fazer eco a este ramerrame.

E assim perdemos a noção da beleza do uivo de um cão madrugueiro.

O filósofo e jornalista Adauto Novaes descobriu que depois da invenção das novas tecnologias de comunicação, houve um aumento de quase sete trilhões de palavras potencialmente pronunciáveis. Sete trilhões e alguns perdigotos mais. Fala-se pelos cotovelos, silencia-se pela cabeça.

Eugênio Bucci é versado no assunto. Começou a investigar o silêncio – ou a necessidade dele – a partir de um zumbido hiperagudo que enchouriçou seus canais auriculares, há 15 anos. Conviver com o barulhinho irritante instigou-lhe a seguinte reflexão: o silêncio ainda é uma possibilidade?

Toda a profusão de imagens, sons e discursos que compõem o espaço urbano carregam consigo a capacidade de nos fazer esquecer o sentido das coisas e as ideias que movem o mundo – e consequentemente criam ainda mais barulho. Nossos processos criativos são boicotados pelo exagero de informações desnecessárias. E aí nos reduzimos a meros ecos, a imitação da imitação.

E John Cage? Sua peça rebelde "4'33"" consiste em sentar-se ao piano e tocar absolutamente nada.

Os quase cinco minutos de negação da música não são necessariamente de silêncio, mas de improvisos naturais, já que tosses, espirros e jojocas criam um mundo novo, recheado por um misto entre ansiedade (pezinhos batem no chão) e expectativa (quando ele vai tocar, afinal?, não posso suportar este silêncio, ahhhhhhh). Visionário, o Cage.

A música foi "composta" em 1952, sete anos depois do fim da Segunda Guerra Mundial, época em que barulho era sinônimo de morte.

[05/10/2015] [18h22]
Não entendo Buda

Tenho saudade de gente que nem conheço. Por aqui, a memória funciona como uma segunda vida. Nem melhor, nem pior. É sempre uma opção válida para tempos difíceis. Atalho que se emaranha com o caminho oficial eventualmente, mas nunca o deixa para trás nem desgarrado à frente.

Por isso não entendo Buda. O presente já existe em sua totalidade, é intrínseco e inescapável. Dedicar-lhe sapiência e seriedade é quase uma redundância. Lembrei-me disso porque na última semana encontrei por três vezes uma mocinha Hare Krishna – não é a mesma coisa, eu sei, mas prega aquela ideia do "corpo único", em constante movimento e por um objetivo em comum: somos também os elefantes e os pés de alface.

Ela tinha um terceiro olho na testa, piercing no nariz e um sorriso discreto e constante. Caminhava primeiro na XV, na frente do Bondinho, com livros pequenos em seus braços finos. "Já conhece o Hare Krishna?"

Uma dificuldade em minha vida é não saber dizer não. E não saber dizer não para uma mocinha com um terceiro olho na testa. "Estou atrasado". Não era mentira, sempre estou atrasado.

No fim do dia a encontro na altura da Osório, sorriso permanente. Talvez tenha me reconhecido. Pegou meu braço, falou sobre os livros e quase implorou pela contribuição financeira que me valeria créditos espirituais: "Aceito cartão".

Da última vez ouvia "Everyday is Like Sunday" nos fones, novamente na XV, e aí ela resolveu não insistir. Entregou-me somente o sorriso de gesso.

Queria ter tempo e paciência suficientes para roubar-lhe o tempo também.

Perguntar sua opinião sobre essa minha teoria maluca que ignora o presente em troca de memórias ou projeções.

Descobri há pouco que um cineasta meio que pensa assim. Ou ao menos pensou assim para realizar um de seus filmes mais importantes, "O Espelho", que completa 40 anos agorinha. O nome de Andrei Tarkovski causa urticária instantânea em quem não suporta cinema autoral, mas seus filmes são poesias impressionistas e impressionantes.

"O Espelho" é feito de memórias de infância, mas está preso a um presente duro – o protagonista é um homem à beira da morte. Sem narrativa cronológica definida e recheado de flashbacks, o filme liquefaz o tempo, o embaralha e esculpe, dá-lhe outra dimensão e importância.

Fiquei feliz em poder compartilhar rapidamente com o russo meu sentimento de desilusão com o presente, com o tempo, "terrível e exigente problema", como escreveu Borges.

O cinema nos faz menos loucos.

[24/08/2015] [18h41]
Jamais as unhas crescerão

Cena costumeira é ver pezinhos balançarem frenéticos ao som do nada e apesar de tudo, na ânsia de que algo finalmente aconteça: o fim do expediente, o sinal verde, a utópica sublimação da fila do pão, um *whats*daquele alguém. Deu no jornal que até o universo resolveu caminhar em marcha lenta, desistir aos poucos da expansão infinita. E nós aqui, a saçaricar.

A cabeça pode até estar em ordem, mas fenômenos mundanos contribuem silenciosamente para esse clima de urgência inumana. Futebol na tevê: é o jogo do seu time e acontece na sua cidade, mas num horário não muito convidativo. É sabido que os jogos locais não são transmitidos ao vivo nas respectivas "praças" em que acontecem – em troca, a tevê por assinatura gentilmente oferece uma partida do último fim de semana da qual já sabemos o resultado. É como assistir o passado justamente no momento em que se quer estar mais presente (torcer, comemorar, xingar). O método já é reconhecido como tortura informal.

Os times entram em campo, você reconhece o 10, torce por mais um gol do 7, demoniza o 6. Pensa em pegar uma cerveja na geladeira porque aquela voz dentro da cabeça, tão intimista quanto ingênua, diz "o jogo vai passar sim, pqp!". No caminho até a cozinha, ouve-se o hino nacional enquanto na cabeça continua o mantra "não vão cortar o sinal dessa vez, imagina, já passou muito tempo". Dá tempo de voltar, sentar no sofá. O nome do juiz e dos bandeirinhas na tela, – "é impossível tamanha maldade" –, o 8 pula e ergue os joelhos até o queixo para manter o aquecimento na noite fria, o time adversário se posiciona fora do círculo central e aí, como se uma lâmina afiada de lamento atravessasse seu hipotálamo, o sinal é interrompido. O sentimento posterior envolve impulso consumista ("vou assinar a merda desse plano completo para poder assistir todos os jogos") e violência gratuita (há uma vontade muito passageira de jogar o gato pela janela).

A companhia de celular tampouco colabora para evitar o balançar frenético dos pezinhos. Após um uso curtíssimo da morosa rede 3G – abro o email, respondo uma conversa no Facebook – pisca uma mensagem ameaçadora (talvez o som escolhido para receber mensagens, chocalho de cobra cascavel, contribua para a sensação de impotência): "você atingiu 80% do seu pacote adicional. Ao atingir 100%, sua navegação será bloqueada". Ao menos acertam na vírgula.

O aviso sobre o bloqueio não demora, te roubam momentaneamente a capacidade de completar piadas, responder perguntas e checar o resultado do jogo, o que por fim denuncia toda a artimanha consumista que se apropria da ansiedade alheia, como se ela, por si só, não fosse a própria extinção das unhas que nos restavam.

[22/05/2015] [17h45]
Meu primeiro assassinato

Fui à Mandirituba para visitar um saxofonista suíço. Mora só, numa pequena chácara. É viciado em guaraná Antarctica, usa camisas coloridas à Arnaldo Baptista e colhe limões do pé. Sua história envolve tribos indígenas colombianas e Thelonious Monk. Sairá neste caderno em breve, se tudo der certo e o editor quiser.

Entre outras questões inexplicáveis, trabalhar em jornal tem disso: falar ao telefone enquanto se escreve no Word. Movimento de ginástica laboral: o pescoço colado no ombro, as mãos esticadinhas no teclado e o olhar fixo na tela, que só perde o foco para algum cumprimento rápido – com sobrancelhas ou o rabo do olho (piscadelas com fins não amorosos). Mas às vezes viajamos.

Para se chegar a Mandirituba, há que se passar por Fazenda Rio Grande. Um pouco à frente há Agudos do Sul, que antes se chamava Carijós. Por ali, o movimento é intenso. Caminhões serpenteiam na estrada fina e fazem todo o barulho; sentimos cheiro de madeira e deflagramos pontos de ônibus desolados. Assim é também perto de Quitandinha, cidade cujo nome é em homenagem a um hotel do Rio de Janeiro, uma pena, e não a uma quitanda simpática que porventura cresceu demais e virou vila. Lá, cometi meu primeiro (e até agora único) assassinato.

Tenho um amigo de infância, o Juliano. A avó de Juliano morava numa chácara em Quitandinha, onde costumávamos passar alguns dias das férias de verão. A casa ficava num terreno grande e ondulado. Havia campinho de futebol improvisado, gol feito de estacas de madeira (era preciso retirar as pinhas e as grimpas antes), um lago minúsculo e alguns pés de cana. Jogávamos bola até a lua virar refletor, chupávamos cana, mascávamos chiclete e mais à noite desfalecíamos após comer umas xepas, macias como nuvem, que saíam de um fogão à lenha providencial.

Piás de tudo, num dia nublado redescobrimos aquilo que se chama de estilingue. Nunca soube usar a arma. As pedras saíam vesgas e inofensivas. Costumávamos atirar numa antena de metal muito alta porque fazia um píííínnnn agudíssimo. Risos. Se um pardal voava, mirávamos nele mesmo assim porque era certo que não iríamos acertá-lo nunca. Ainda havia luz quando avistamos uma coruja gorda, de olhos amarelos brilhantes. Jazia imponente num arbusto, a meia altura. Aproximamo-nos. Municiei o estilingue com uma pedra pontuda, e tudo aconteceu de uma só vez: a precisão ímpar do disparo, o voo reto da pedra, o impacto certeiro, o tombo da ave, que se espatifou como um saco de arroz, a comemoração furtiva, o arrepender-se compulsivamente. Matamos.

O enterro foi ali, com a noite a cair. Ficamos com vergonha de nós mesmos. E com vergonha um do outro. Provavelmente choramos. O bicho sangrava no nariz. A pedra havia dividido o bico e dilacerado parte da cabeça. Com cuidado, depositamos a coruja no buraco, envolta numa manjedoura improvisada. Não comemos mais xepas. Acabávamos de crescer juntos, distraidamente.

[15/05/2015] [17h40]
Mesmo longe

Um amigo viajou para bem longe sem dizer tchau. Meu celular não funciona por completo há uma semana. Recebe ligações e ninguém jamais ouve o que digo. Quando ouvem, é bem baixinho. Torna-se um monólogo meio beckettiano. "Oi. Ooooi. Ooooooooooi?!" Nas vezes em que ligo, a história é a mesma. Só há voz do lado de lá. Estou mudo num labirinto. Preciso ligar para o serviço de atendimento ao consumidor e eles jamais me ouvirão.

Não pudemos nos encontrar durante a semana. Compromissos todos. Por isso o amigo me ligou quatro vezes para dar tchau. Queria eu dizer-lhe boa viagem, tome um vinho por mim (ele está indo para Lisboa), caminhe tranquilamente na calçada do Combro, coma pasteizinhos, veja o pôr-do-sol na beirada do Tejo, fuja do ônibus de turismo, vá visitar as Torres de Belém, o local exato de onde as caravelas de Pedro Álvares Cabral saíram, e aí mergulhe numa experiência metafísica ao imaginar que você não existiria se os barquinhos não tivessem zarpado. E volte, porque é preciso. Mas contentamo-nos com mensagens de texto, o último recurso. E assim foi.

Outro amigo se mudou para Portugal faz seis anos. Há um na França, outro na Austrália. Uma amiga em Barcelona. O André vive em Londres, o Artur em Nova York. E há um conhecido na Hungria. Não tenho ninguém na Islândia. Gostaria de ter um amigo na Islândia. Para que me enviasse fotos da aurora boreal eventualmente, numa dessas tardes em que pegamos o celular e mandamos fotos quando não temos o que dizer.

É um mistério menos doloroso o relacionamento além-mar contemporâneo. A tecnologia encolhe caminhos e relativiza quase tudo. A distância de um oceano inteiro esfarela-se em *delays*. Tornamo-nos mais conhecedores do mundo, e de nós mesmos, através do outro. Conhecemos verdadeiramente o frio quando vemos a reação de uma cara conhecida à neve de verdade (algo entre a surpresa pura e a brincadeira inofensiva); sorrimos devagar quando vemos a foto de um filhote de elefante (as patas e a tromba já são surpreendentemente enormes!); queremos viajar imediatamente quando a imagem é de uma praia australiana indescritível, com pedras como que esculpidas à mão e o mar da cor de um azul caribenho; somos mais felizes quando alguém dá duro num pub inglês o dia inteiro, te liga para desejar feliz aniversário e deixa escapar uma jojoca.

Não fico tão triste pelo amigo que rumou sem dizer até logo porque ninguém mais mora longe. As pessoas vivem em lugares diferentes. A distância agora é que é feita de outra coisa. Há quem pense diferente, mas a relação virtual que estabelecemos com alguém que está momentaneamente inalcançável é igual em intensidade àquela que tínhamos quando o que nos unia era uma cerveja no Torto. O que não muda é que somos eternos reféns dos outros. Mesmo perto. Mesmo longe.

[21/03/2014] [21h05]
Aquela do avião

Por esses dias, a jornalista norte-americana Lisa Muller se encasquetou e resolver perguntar, em um texto na New York Magazine: o que um Boeing desaparecido simboliza em um mundo em que as pessoas raramente se perdem? Sim. Porque se tampas de canetas Bic, guarda-chuvas e balas 7 Belo ainda nos fogem, um troço de 300 toneladas, convenhamos, não pode simplesmente sumir do mapa.

O mistério do voo 370 suscita obsessão e desespero porque não nos conformamos mais com o que não tem resposta. Em uma sociedade multiconectada e hiperracional, não há espaço para fenômenos que desafiam a ciência ou a fé. A imaginação fica em segundo plano; e temos cada vez menos paciência e intolerância com enigmas ocasionais.

É difícil escapar. Nossos melhores amigos sempre sabem onde estamos – o check-in na balada, uma foto do almoço caprichado ou de uma cerveja importada servem, não só como exercício de egocentrismo, mas como forma de comunicação direta, que satisfaz tanto uma demanda viciante e cíclica das redes sociais – "posto, logo existo" – quanto a ânsia de quem quer saber sobre alguém e acha que é um atentado ligar ou lhe bater à porta. A rotina escrutinada de amigos ou parentes nem tão próximos também nos é oferecida de bandeja, sem delongas, por mais que não queiramos. "It's All Too Much."

O mundo anda tão estranho que não conseguimos nos perder deliberadamente. O melhor em visitar uma cidade estrangeira desconhecida, você deve saber, é caminhar sem destino. O que é praticamente impossível, já que o Google Maps diz sempre, com aquelas flechinhas coloridas, onde

você está, para onde deve ir e quanto tempo irá levar até lá. Acostumamo-
-nos, enfim, a saber de tudo o tempo todo.

Assim, o sumiço do Boeing criou uma espécie de portal do tempo
instantâneo, nos conectando com um mundo outro, em que coisas malu-
cas e inexplicáveis aconteciam regularmente – homens iam caçar e nunca
voltavam, imagine só. Nesses momentos, ficamos expostos a conceitos que
os povos mais antigos davam como inquestionáveis, como o sofrimento de
inocentes (sacrifícios por um bem maior e coletivo), causas sobrenaturais e
distorção do que se entendia por destino.

Tendo em vista os acidentes semelhantes, é tarefa para mil Pollyanas
pensar que a tripulação e os 239 passageiros do Malaysia Airlines – com seus
smartphones e laptops – ainda estejam vivos. Mas não podemos nos negar a
possibilidade disso. Então os imagino agora em uma ensolarada ilha do Oceano Índico, ainda não descoberta, ouvindo The Rise and Fall of Ziggy Stardust
and the Spiders from Mars, do Bowie, no repeat, e rindo de nós, que ainda
ficamos impressionados com mistérios bem mais difíceis de se compreender.
Como a origem do rolmops. Ou a notícia de que os policiais militares fla-
grados arrastando o corpo da ajudante de serviços gerais Cláudia Ferreira da
Silva por 250 metros pelas ruas do Rio de Janeiro estão novamente nas ruas.

[08/11/2013] [22h05]
Pisar no cimento molhado

É a vida a escorregar. Já fomos cabeças de petit-pavê. Pulamos amarelinha no pinhão preto, desviamos o pinheiro branco, desenhamos em
cartolinas na Rua XV. Pés pequenininhos mesmo. Só assim. Mas, crianças,
não conseguimos ver ao longe.

O cimento bruto pode mudar se deixarmos marcas, diversão registra-
da, mas acaba a brincadeira quando um carro enorme passa por cima de
tudo, mistura o preto, o branco. O que era fresco agora é cinza e logo se
torna imutável Afunda-se o mundo inteiro, de uma vez só.

E de repente surge o som do rádio, ligado no chiado da AM, jogo de
futebol. O repórter da voz inconfundível, amigo imaginário de verdade
– aposto uma figurinha prateada que tem cabelos brancos e é gorducho.

Torcer no quarto, de luzes apagadas, parece tão estranho. Dava certo vez em quando: Régis defendia, Milton do Ó lançava com classe e Saulo encaçapava. Tortura era ouvir o anúncio de público e renda, sinal do fim dos tempos para quem está atrás no placar. Não há o que fazer. Fim de jogo, mais uma derrota.

Então chegam os dias que entram para a história porque fazem brilhar os destroços de ontem, sempre o melhor dia da vida inteira. Bar cheio, venturas de sábado, amores possíveis, prelúdios impronunciáveis, amizades momentaneamente eternas, liberdade. "Já veio aqui?" – descobertas. A conta se divide automaticamente, porque ninguém esbanja. Chega o aipim com bacon, e a cabeça está à frente, no quarto, na cama de lençóis limpos. Chega mais uma coca com gelo e limão e ficou para outro dia, como sempre fica.

Nesse momento de pulsar, em que tudo é possível, exageros brutais foram contabilizados, ressacas monumentais foram vencidas e havia, ainda – gasolina da juventude – a ideia de que o fim das coisas e de todos os processos ou era mentira ou estava a anos-luz de distância. Éramos menos cabeça e mais fígado. Muito mais fígado.

Neste momento em que você lê esse texto, estou em São Paulo para um festival de rock. Vão tocar bandas velhas (Travis e Blur) e coisas novas que fazem a juventude de hoje ser mais fígado que cabeça (Lana Del Rey). Se bem que...

Se continuar a fazer essa friaca em Curitiba, a estratégia para quando voltar vai continuar. Talvez seja ela, a estratégia, também o resumo de uma fase da vida que, puxa vida, está demorando a passar. Assim: mãos nos bolsos, do frio, que é como a idade – faz encolher os corpos e a esperança.

Me pego no sinal vermelho para pedestres enrolando os dedos indicadores no algodão do bolso do moletom. Coloco Blur ou Travis, fones nos ouvidos – é difícil viver em uma cidade sem passarinhos – e ultimamente piso no cimento molhado, deixando marcas, sem medo e sem se importar em limpar o tênis mais tarde, como deveria fazer. Como quase todo mundo faz.

[06/05/2011] [21h05]
Sem lenço, sem documento, mas com Ian

Mãos nos bolsos da frente, um tapinha nos de trás, gira, pensa. "Onde está a carteira?". A apaziguadora ideia de reconstituir o caminho percorrido naquela noite tornava-se inviável. Chovia, estava escuro, e, naquele momento, estava, enfim, sem todos os meus documentos. Sem meus cartões do banco. Sem um tostão furado.

Liga aqui, liga lá. Nada. Nem uma notícia, e lá vou eu dormir rabugento, de sábado para domingo, pensando onde estaria agora minha carteira com o cartão promocional de almoço – faltavam só dois carimbinhos para comer de graça –, meu dólar da sorte, minha moeda de 50 pesos uruguaios, o bilhete que resolvi guardar porque achei simpático. Poxa vida!

O domingo foi tenebroso. Vagando por aí sem poder provar que eu sou eu, e ainda fazendo exercícios para imaginar em que mãos sujas estariam meu RG heróico e amassado, meu título de eleitor e meu CPF. E na companhia dos pensamentos que me avisavam: vai dar dor de cabeça fazer tudo isso de novo. Ah, vai.

Prevendo o pior, fiz boletim de ocorrência – é de certa forma engraçado responder às perguntas do escrivão e ler o relato do acontecimento naquela folha padrão – e cancelei os cartões já nas primeiras horas de segunda-feira. Pagaram meu almoço. E, à noite, aconteceu aquilo que, um pouco em dúvida, chamei de milagre. Pelo telefone, a moça do plano de saúde avisou que alguém ligou e encontrou a carteira, com tudo, tudinho. O cartão do plano era o único com algum tipo de contato que existia no meio daquilo tudo. "O nome dele é Ian. O telefone é..."

Ian Santarém tem 25 anos, nasceu no interior de São Paulo, mas mora em Curitiba há tempos. Estudante de Terapia Ocupacional, trabalha como estagiário na biblioteca da Universidade Federal do Paraná, das 18 às 22 horas. Foi lá que eu o encontrei para, todo feliz, resgatar minha dignidade estatística.

Ian não é alto. Tem uma tatuagem e fala com desenvoltura. Ele encontrou a carteira dez minutos depois de eu tê-la perdido, na frente da minha casa. "Imediatamente pensei em devolver", me disse. Ian tentou contato desde sábado, mas só segunda à noite veio a boa notícia. "Queria acreditar que todo mundo fosse assim, que teria a mesma atitude que eu. Mas sei que não é." Será?

Compartilhei a história de final feliz em redes sociais. E, ainda não sei se posso chamar isso de surpresa – eis a minha dúvida —, mais da metade dos comentários tratavam de casos semelhantes: carteira e dinheiro devolvidos. Vários em Curitiba, um em Mônaco (ainda que provavelmente não falte dinheiro por lá), e só um frustrado: uma câmera fotográfica havia desaparecido em um táxi.

Estaríamos, então, desacostumados com a bondade alheia? O que é para ser algo normal, esperado, natural, surge como milagre momentâneo. Porque foi isso que me fez compartilhar a história: contar o improvável. Até para Ian, meu mais novo amigo, a situação tornou-se inusitada. "Quem perde não espera uma reação dessa. Mas eu só fiz um favor em devolver", me contou.

Quis oferecer algum tipo de recompensa. Ian não aceitou, disse que ficaria ofendido. "Você me ofereceu dinheiro, mas não fiz nada mais do que o esperado", me disse ele. Ian tem razão. O que eu estaria pagando? Na verdade, estaria subornando uma ação digna, que cruel.

Passada a história, já com o dólar da sorte e com a moedinha uruguaia de novo em minha posse, confesso que me vi pessimista. Talvez estivesse desacreditado, em algum nível, da viabilidade da experiência humana. O causo e o encontro com Ian, meu Bon Sauvage, me deram um empurrão. Há gente boa por aí, enfim. E essas pessoas nos exigem uma readaptação de conceitos, talvez, para que atos habituais e humanos não sejam entendidos como milagres de outro mundo.

[04/02/2011] [22h45]
Janaína

Ela vem toda de branco, molhada e despenteada pela chuva de verão. Roda, roda, roda e nem liga para quem torce o pescoço e busca detalhes ao olhar mais por baixo, para algumas de suas partes mais escondidas.

Fez aniversário no último dia 2. Dia de Iemanjá. Comemorou indo ao médico, um sujeito magro e alto, de mãos grandes e pretas de graxa. Resolveu seus problemas com uma internação de dois dias que custou R$ 50. Não conseguia parar, a Janaína. Esse era o seu problema. E esse é o nome dela.

Janaína avança por entre as pessoas, interrompe conversas alheias ao se meter em espaços entre casais em namoricos sem dizer um a sequer. Mas não é que não seja simpática, a Janaína. É que entre brutamontes vermelhos e cinzas, que andam por aí todos os dias, ela, pacientemente, fica na dela. Até tenta se enturmar, mas não lhe dão espaço.

Dorme em um quartinho de empregada, ao lado de ferramentas e uma velha estante de madeira. Acorda às 8 horas, não come nada. Sai de ré e faz algum barulho. Então, com gosto, monto nela, que ganha a rua e o caminho da roça.

No trabalho, fica pendurada de pernas para baixo. Balança, treme, mas não reclama. Estática, permanece por cinco, seis horas. Até descer do gancho que a penetra, mas que a segura.

Seu balançar e sua beleza são tão atraentes que certo dia um amigo, abusando da amizade de anos, me pediu Janaína emprestada. Iria aparecer em um comercial de tevê, foi o que me contou. Motivo de orgulho. Um pouquinho de ciúme pelas horas que passou não sei onde. Levou bagagem nas costas, mas também um troco. E no comercial, depois de verificada sua beleza, passou de coadjuvante a algo mais honroso. Iria contar a todos o sucesso da Janaína.

Gosta de sair à noite. Curtir as pedrinhas brilhantes do asfalto, o cheiro de mormaço depois da chuva e as outras e outros iguais a ela que vê amarrados por aí, em postes tristes e em placas de "proibido estacionar".

Oxalá eu nunca perca Janaína. Então a amarro forte, com uma corrente grossa que dá duas voltas em seu corpo branquinho e esguio. Ela não reclama. Na volta, tiro o ferro com delicadeza e subimos juntos a ladeira, devagarinho, por sobre a faixa amarela no canto da rua.

No caminho, quando não estou ouvindo música, conversamos. Ela diz que se sente ameaçada no dia a dia. Que não há um lugar específico e útil para que desempenhe tudo aquilo que é capaz. Que sente que seus direitos não são iguais, que é desmerecida e vista com maus olhos. Que atrapalha. Eu concordo, e digo que também queria que as coisas fossem diferentes, como há algumas décadas atrás, quando similares a ela enchiam as ruas. Mas há de mudar. Às vezes, quando meu corpo está sobre o dela, Janaína me pede encarecidamente para que não andemos na contramão ou para que olhe para os dois lados antes de atravessar alguma rua mais movimentada.

Chegamos em casa suados, cansados. A devolvo em seu quarto de dormir. O boa noite acontece quando encosto meu pé em seu pezinho. Ela vira de lado. Vou para minha cama já pensando nas pedaladas que darei em Janaína, minha bicicleta, na manhã seguinte.

[07/01/2011] [22h22]
Igrejinha e Nagibão

"Igrejinha". A palavra é pequena, mas profunda. Pronunciada com ênfase nostálgica, é capaz de muito. É de um simbolismo tão humano. É forte, e ao mesmo tempo distante. É uma palavra que precisa ser recuperada de tempos em tempos. Esquecem-na, como se esquece o almoço do dia anterior.

Mas a ouvi esses dias, quando de um recital de Natal no Museu Guido Viaro. Quem tocava e cantava era o grupo Madrigal em Cena, que surpreendeu aos poucos que lá estavam com um repertório de canções espanholas do século 16 e brasileiras-folclóricas, daquelas que não têm dono. Um violão e um pandeiro, simples e eficientes, sustentavam a base para que barítonos, sopranos e contraltos se divertissem. Até que aconteceu.

"Igrejinha", cantou demoradamente uma soprano rechonchudinha e de semblante extremamente feliz. Eu não sabia o que fazer. Deu vontade de abraçá-la de súbito e interromper o que ela cantaria na sequência, inclusive cessar com os movimentos lentos que fazia com os braços. Talvez até tenha me impulsionado da cadeira para isso, tendo em vista que o amigo ao meu lado me olhou de soslaio.

A palavra me levou longe no tempo e no espaço. Levitou-me. Não sei se porque era Natal, mas lembrei da Igrejinha na qual estive por muitos 25 de dezembro quando criança. Era de um azul perdido. Construída com madeira aposentada. O soalho brilhava como panela areada. A Igrejinha continua firme. Eu é que nunca mais voltei a ela, e talvez por isso uma simples palavra tenha causado tanto rebu aqui dentro.

Mas é que a pronúncia daquelas sílabas, acredite, foi tão terna que desliguei a cabeça do que ouvia e comecei a pensar no que seria o que resolvi chamar de "atração dos diminutivos". "Bicicletinha". "Paçoquinha". "Estrelinha". "Cervejinha". "Robertinho".

As palavras assim, encolhidas, ganham em afeto. É como se se fantasiassem momentaneamente de algo que as deixasse mais bonitas do que realmente são. Como se fossem envolvidas em açúcar de confeiteiro – "cajuzinho..." – e tivessem uma capacidade única de, com seus "inhos" e "inhas", subverter uma lógica gramatical pré-estabelecida e, em alguns casos, até se tornar arma para políticas de boa vizinhança, como em "é só uma briguinha, deixa pra lá", ou "cabe uma notinha nessa página?".

Os seus antônimos, nesse sentido, são palavras gordas, imponentes, que, se tivessem vida, teriam o que se chama em homens parrudos de "peito de pomba". E igualmente caem no gosto dos brasileiros. Maior prova é a relação entre essas palavras e os estádios de futebol, arenas da maior celebração nacional. Pinheirão (PR), Engenhão (RJ), Mineirão (MG), Barradão (BA), Machadão (RN), Robertão (ES), Caranguejão (PR) e alguns que só com a ajuda do Wikipedia para lembrar, como Mirandão (CE), Abadião (DF), Gabrielão (ES), e o mais bacana de todos: Nagibão (MA).

O livro Milagrário Pessoal (Língua Geral), do angolano José Eduardo Agualusa, faz uma ode ao nosso idioma e informa: as palavras têm força e podem mudar o destino de quem as utiliza. O autor conta que há um local onde as palavras que estão por estrear – os neologismos – repousam tranquilamente. Os sons de nossa fala, sugere ainda o personagem do romance, teriam a ver também, historicamente, com o som das aves. Pois é. Imaginei agora um bem-te-vi trilando "igrejinha". E um urubu – alguém disse que essa é a palavra mais negra que existe – abrindo a boca e gorjeando "Nagibááão".

[20/08/2010] [21h13]
Não deixe seu café esfriar

Para escrever, preciso de um café fumacento. O primeiro surge pela manhã, e então é como se recebesse um abraço caloroso quando o líquido preto invade com graça os vãozinhos horizontais tão brancos do copo de plástico. Em casa, quem tem vez são xícaras de alças grandes. Dia desses reparei que tenho uma coleção delas. Há uma do meu time preferido – a essa altura do campeonato não vale a pena mencionar qual é –, estreita. Outra é verde por fora e azul por dentro. Feia essa, quase não uso. Uma outra, toda preta, é marota e esconde o perigo. É que, súbito, o café se confunde com o interior do recipiente: penso que há menos e queimo a boca; sinto que há mais e não há nada. Tenho de olhar para o fundo para conferir se o vazio já chegou. No meio do processo, porém, os óculos embaçam. E então realmente não distinguo uma coisa da outra.

O fato é que constatei e estou pronto para assumir: tenho um vício. Pois sim. Terríveis, insuportáveis, malditos, são os feriados em que trabalho no jornal. Não pelo dia em si – claro que preferiria estar em uma praia a escrever algumas mal-traçadas, mas o fato é que adoro o que faço –, e sim pela ausência insubstituível daquela garrafa corpulenta, que estampa em letras convidativas: "café amargo".

Já aconteceu, em plantões de feriados ou de finais de semana, de levantar em busca do líquido renovador, sagrado, e dar de cara com uma mesa triste e vazia, em que só o açucareiro e a toalhinha são testemunhas. Nessas horas viro uma espécie de sonâmbulo desperto. Imagine alguém com os braços esticados em direção à mesa sobre a qual deveria (deveria!) estar o café.

Deve ter acontecido também o seguinte. Sentar-me em frente ao computador e, ato reflexo, esticar o braço direito em busca do copo fumegante. O café tem seu cantinho, como não. Fica ali, entre a divisória de madeira e o mouse. Tudo planejadinho.

E, veja, alguns copos se rebelam. Não sei se porque os ignoramos frente às tarefas do dia. Notei: os cafés que fogem do copo são sempre os frios. E aí dói. É uma lástima vê-lo ganhar vida rapidamente e acompanhar seu percurso por toda a extensão da mesa, enegrecendo papéis, se infiltrando devagarinho por debaixo do teclado, deixando marcas, cheiros. O conselho é: nunca deixe seu café esfriar.

Também noto suas alterações de humor. Há algumas quartas-feiras, Ele (a essa altura já cabe uma distinção), estava fraco. Como se tivesse sido coado duas vezes, o pobre. Não sei. Percebi logo pela cor. Era um preto turvo, indefinido. Sem graça. Tomei rápido, antes que esfriasse.

Mas, como desse a volta por cima, numa sexta-feira pra lá de corrida Ele surgiu portentoso, em seu melhor traje. Parecia até feito daqueles grãos especiais, limitados, cheios de tabelinhas e nove horas. O copo, coloquei no cantinho propício – arrumei a papelada para evitar maiores problemas –, e Ele me acompanhou, firme, durante uma matéria inteira. Nesse mesmo dia foram mais dois copos. Na verdade um, porque os encho pela metade. Agora a xícara toda preta me olha e o café vai esfriando, em silêncio traiçoeiro. Melhor acabar logo com isso.